Wolfgang Hiller

BLUTROTER CHIEMSEE

THRILLER

Books on Demand, bod.de

Impressum:

Deutsche Originalausgabe

Alle Rechte vorbehalten.

Herausgeber:
Books on Demand GmbH
In de Tarpen 32, 22848 Norderstedt
www.bod.de

Copyright (Bild/Text): Wolfgang Hiller
ISBN: 9783735793058
Herstellung und Verlag:
BoD - Books on Demand, Norderstedt

Deutsche Erstauflage: Juli 2014

Für Karin Thoma

und die Angehörigen von Vermissten

Vorwort:

Dieses Buch ist ein Roman. Handlungen und Personen sind frei erfunden. Ähnlichkeiten mit lebenden oder toten Personen sind rein zufällig.

Die Regionen und die Seen der Handlung gibt es. Das Titelbild zeigt den Chiemsee, genannt das Bayerische Meer.

Einige wenige Schauplätze, wie zum Beispiel Straßen oder Clubs, wurden aus dramaturgischen Gründen dazuerfunden oder geändert. Das Gleiche gilt für einige Behörden, Personen in diversen Clubs, Firmen oder Ähnliches.

1. Kapitel

Zweite Septemberwoche, Kempten im Allgäu. Montags um neun Uhr dreiundzwanzig stieg Exkommissar Josef Bierbichler in den Zug nach Rosenheim über München. Aufgrund der stressfreien Anfahrt hatte er sich für die Bahn entschieden und gegen die Fahrt mit seinem eigenen PKW. Der Himmel in Kempten war grau und wolkenverhangen und es regnete leicht. Er las die regionale Tageszeitung in seinem Zugabteil und freute sich auf seine Kur in Bad Aibling. In den letzten Wochen hatte er gemerkt, wie sehr ihm daheim die Decke auf den Kopf fiel. Endlich Tapetenwechsel und wieder andere neue Leute um ihn herum, das würde ihm bestimmt seine leicht depressiven Gedanken beseitigen. Der Zug war um diese Zeit erstaunlich voll. Weniger durch Pendler, als vielmehr durch Tagesausflügler, die vom Allgäu gen Oberbayern fuhren. Ihm gegenüber in der Sechser-Sitzgruppe hatte eine junge Dame Platz genommen. Unterhaltung kam aber kaum eine auf, sie zog es vor, vorwiegend an ihrem Smartphone zu spielen. Er vertiefte sich deshalb in den Sportteil seiner Zeitung. Seine zwei großen Koffer hatte er über den Express-Service der Bahn schon zwei Tage zuvor holen lassen, sodass er nur einen kleinen Rucksack und eine Umhängetasche dabeihatte. Kurz vor Buchloe sendete er seiner geliebten Tochter Jenny, die in München studierte und wohnte, eine SMS. Sie hatte die schrecklichen Ereignisse mit der grausamen Entführung am Schrecksee mittlerweile ganz gut verarbeitet. Mit dazu beigetragen hatte sicherlich auch ihr neuer Freund Alex, der siebzig Kilometer von ihr entfernt in der Nähe von Ingolstadt wohnte. Er war knapp dreißig und arbeitete als Ingenieur bei BMW. Sie hatten sich im Englischen Garten in München im Juli kennengelernt.

„Wohin sind Sie denn unterwegs?", riss ihn auf einmal die junge Dame gegenüber aus seinen Gedanken.

„Nach Bad Aibling, und Sie?"

„Nach Rosenheim. Da haben wir ja die nächsten zweieinhalb Stunden die gleiche Strecke", bemerkte sie.

Erst jetzt sah er sie etwas genauer an. Sie war blond und schlank, höchstens Anfang dreißig. Zu einem pinkfarbenen T-Shirt trug sie eine Jeans und flache Sandaletten. Ihr Gesicht hatte leicht rote Wangen und eine kleine Stupsnase. Ihr Atem verriet Bierbichler, dass sie Raucherin war.

„Machen Sie Urlaub in Rosenheim?", setzte er die Unterhaltung fort.

„Ja, im Hotel meiner Eltern. Sie betreiben seit fünfzehn Jahren am Stadtrand ein kleines Hotel mit achtundsechzig Betten."

„Oh, wie praktisch. So kommt man zu Gratis-Urlauben. Stammen Sie aus dem Allgäu?"

„Ja, meine Eltern hatten zuvor ein Hotel in Pfronten. Sie stammen aus dem Ostallgäu. Ich bin vor sechs Jahren nach Kempten gezogen, wegen meines damaligen Freundes. Ich fand auch gleich einen Job. Der ist mir bis heute geblieben, der Freund leider nicht."

Bierbichler erstaunte ihre Offenheit.

„Und was machen Sie in Bad Aibling?", fragte sie. „Ich mache eine vierwöchige Kur."

„Oh, toll, das ist eine wunderschöne Ecke, dieses Chiemgau. Wegen meiner Eltern war ich schon oft hier. Es ist fast schöner als im Allgäu."

Als sie in Buchloe anhielten, wurde der Zug dann fast voll. Vier weitere Fahrgäste füllten auch ihr Abteil. Zwei Herren mit Aktentasche und ein älteres Paar nahmen Platz. Die Männer zogen ihre Tablets raus und das ältere Ehepaar bevorzugte die Aussicht aus den Fenstern.

Aufgrund der neuen Fahrgäste verlief die Weiterfahrt nach München eher ruhig und gediegen. Die neuen Fahrgäste waren nicht sonderlich gesprächig. Zehn vor elf erreichte der Zug dann den Münchner

Hauptbahnhof. „Leisten Sie mir nach dem Umsteigen auf den anderen Zug wieder Gesellschaft?", nahm die junge Dame die Konversation wieder auf.

„Gern", antwortete er. „Übrigens, mein Name ist Sepp Bierbichler."

„Angenehm, ich bin die Sarah."

Er überlegte, ob er es auf der Weiterfahrt wagen sollte, sie anzusprechen. Aber die Vernunft siegte, schließlich war er gut doppelt so alt wie sie und zum Zweiten, was boten sich denn im Kurhotel noch alles für Gelegenheiten? Er beschloss sich dezent zurückzuhalten. Um zwei nach elf ging der Regionalexpress nach Salzburg weiter. Diesmal waren sehr wenige Fahrgäste im Zug. Sarah und Bierbichler bestiegen gemeinsam das Abteil und saßen wieder zusammen. Ein Abteil weiter hörten sie lautstark zwei grölende Jugendliche. Als der Zug seine Fahrt fortsetzte, ermahnte sie der Schaffner, dass sie sich doch etwas ruhiger verhalten sollten. Sarah hatte sich beim kurzen Zwischenstopp drei Butterbrezen mitgenommen und bot Bierbichler eine an. Er nahm dankend an und fand, es war Zeit, ihr jetzt das „DU" anzubieten. Erneut vernahmen sie das laute Grölen der zwei jungen Burschen. Bierbichler schätzte sie auf höchstens achtzehn.

„Die werden doch hoffentlich während der Fahrt keinen Ärger machen", sagte Sarah leicht verängstigt.

Er hatte ihr bewusst noch nichts von seinem ehemaligen Polizeidienst erzählt. Sie hörten, dass einer der beiden Jugendlichen einen Fahrgast anpöbelte. Eine ältere Frau bat ihn, doch damit aufzuhören. Die beiden wurden dadurch aber nur noch mehr angestachelt. Der Zugbegleiter versuchte wieder sie zur Einsicht zu bewegen.

„Halt's Maul", schrie ihn dann einer der beiden an. „Sonst gibt's was auf die Fresse!"

Bierbichler spürte, dass eine Eskalation jetzt unvermeidbar war. Er winkte den jetzt immer hilfloseren Zugbegleiter zu sich. Dieser drehte sich in seine Richtung und ging los. Er kam nicht weit. Einer der beiden stellte ihm von hinten ein Bein, er stolperte und verlor das Gleichgewicht. Bierbichler reagierte blitzschnell, stand auf und konnte den Mann gerade noch abfangen, bevor er aufschlug. „Danke", stieß der sichtlich geschockte Schaffner hervor. Bierbichler wuchtete ihn wieder hoch und merkte, dass der Mann zitterte, als er ihn wieder aufrichtete.

„Rufen Sie sofort die Bundespolizei, bevor die zwei noch völlig ausrasten", sagte er zu ihm.

Der Mann begriff den Ernst der Lage und holte sein Telefon hervor. Die Jugendlichen bekamen das mit und standen jetzt beide auf. Einer stierte Bierbichler an und meinte: „Eh Alter, was mischst du dich hier ein? Willst auch was aufs Maul?" Er roch, dass beide alkoholisiert waren.

„Gebt Ruhe, ihr zwei, sonst werdet ihr in zehn Minuten abgeführt."

Sarah saß zitternd auf ihrem Polster und verfolgte mit Angstschweiß auf der Stirn das weitere Geschehen. Beide Jugendlichen schritten jetzt bis auf eineinhalb Meter auf Bierbichler zu.

„Jetzt gibt's was auf die Rübe, Alter!"

Sie starrten ihn an und stellten sich breitbeinig vor ihm hin. Beide waren um die eins achtzig, schlank mit kurz geschorenen Haaren. Einer hatte eine Narbe am Kinnwinkel.

„Bleibt vernünftig, Jungs", versuchte er die beiden nochmals zu beschwichtigen. Er wusste, dass das jetzt nichts mehr ändern würde. Wie er nicht anders erwartet hatte, hielten sich die anderen Fahrgäste lammfromm zurück. Aus Erfahrung der letzten Jahrzehnte wusste er, dass mindestens fünfundneunzig Prozent der Leute in solchen Situationen Angst hatten zu helfen und auf den „anderen" warten würden. Wer das auch immer sein mochte. Der Exkommissar wusste, dass der erste Schlag von ihm sitzen musste, sonst würde es schlecht ausgehen für ihn. Der Erste der beiden trat noch näher an ihn ran. Mit dem Handballen wollte er Bierbichler gegen die Brust stoßen, vermutlich um ihn einzuschüchtern. Dieser blieb aber mit seinen neunzig Kilo stehen wie ein Fels in der Brandung und ging sofort zum Gegenangriff über. Blitzschnell schoss seine rechte Hand vor und traf den Jungen an der Gurgel. Dieser glaubte wahrscheinlich, dass so ein „alter Mann" in Ehrfurcht erstarren würde, wenn zwei so Typen vor ihm stünden. Der Schlag traf aber hart und wuchtig, und der Junge griff sich mit einem Aufschrei an den Kehlkopf. Ungläubig taumelte er etwas zurück. Sein Freund stürzte sofort vor und holte mit seinem rechten Arm aus. Bevor er aber einen Faustschlag anbringen konnte, kam von der Seite etwas gegen seine Schläfe gedonnert. Bierbichler bekam unerwartet Hilfe von seiner Sitznachbarin! Sarah hatte sich unbemerkt von den beiden den Regenschirm eines Fahrgastes geschnappt und schlug mit voller Wucht gegen den Schädel des Jungen. Der Handgriff des Schirmes schlug so hart bei ihm auf, dass bei dem Typen die Haut aufplatzte. Eine Blutfontäne spritzte in die Luft. Er sackte sofort zur Seite und knallte auf den Boden. Einige der Fahrgäste schrien vor Schreck auf. Dann war der Spuk vorbei, der Zug hielt an und drei Bundespolizisten stürmten zu den beiden Schlägern.

2. Kapitel

Zur gleichen Zeit in Bad Aibling.

Tina Probst hatte heute ihren freien Tag. Sie war seit fünf Jahren als Physiotherapeutin in der Rehaklinik Wendelstein tätig. Da sie alle vierzehn Tage auch samstags arbeiten musste, hatte sie als Ausgleich dafür montags frei. Wegen des bewölkten Wetters beschloss sie heute wieder mal in die Therme in Bad Aibling zu gehen. Die 2008 eröffnete riesige Anlage war eines der Highlights des beliebten Kurortes. Tina war fünfundzwanzig Jahre, eins sechsundsiebzig groß und schlank. Trotz durchtrainierten Körpers hatte sie bei nur zweiundsechzig Kilo eine sehr große Oberweite. Was sie immer wieder mal störte, vor allem bei all ihren vielen sportlichen Betätigungen. Sie trug ihr dunkelblondes langes Haar heute als Pferdeschwanz. Vor acht Monaten hatte sie sich dümmlicherweise in der Klinik mit einem Arzt auf eine Affäre eingelassen. Gott sei Dank hatte sie sich nach vier Treffen wieder von ihm verabschiedet. Als Zweitfrau erschien ihr auch kein Arzt dauerhaft interessant genug. Vor allem am Arbeitsplatz würde dies nur unnötigen Stress verursachen und den ersparte sie sich lieber. Bei schönerem Wetter wäre sie an den acht Kilometer entfernten Simssee gefahren, das war aber bei dem Dauergrau am Himmel uninteressant. Die Temperatur lag auch nur bei knapp fünfzehn Grad. Also, eigentlich ideal für die schöne Saunalandschaft der Therme.

An diesem Montag war nicht allzu viel los in der Therme, was Tina sehr gefiel. Dann musste sie in der Sauna nicht so viele gierige Männerblicke ertragen. Meistens ging sie nur in die Damensauna, außer es war so wenig los wie heute, dann wagte sie sich auch „gemischt". Nachdem sie am Arbeitsplatz oft ein hektisches Treiben hatte, genoss sie es, in der Freizeit lieber wenig Menschen um sich herum zu haben. Nachdem sie ein paar Runden unter der großen Thermenkuppel geschwommen hatte, packte sie ihre Tasche und ging in die großzügige Saunalandschaft. Auch hier war es relativ ruhig. Sie zog ihren Badeanzug aus, duschte und ging zuerst in die Eukalyptussauna. Dort saß nur eine einzelne ältere Frau und grüßte sie recht freundlich. Nach fünf Minuten war sie überall feuchtwarm und es tropfte von ihrem ganzen Körper. Die ältere Dame ging nach draußen und ein hochgewachsener junger Mann betrat die Sauna. Er war vielleicht Anfang dreißig und grüßte sie fast leise schüchtern. Nach zwei Minuten traute er sich dann zaghaft Tina anzusprechen:

„Welche Sauna kannst du mir denn für den nächsten

Gang empfehlen? Ich bin heute zum ersten Mal hier."

Sie musterte ihn zaghaft und konnte feststellen, dass es ein attraktives Kerlchen war. Bestimmt eins fünfundneunzig, durchtrainiert mit glattem, kantigem Gesicht. Könnte fast der jüngere Bruder von Wladimir Klitschko sein, dachte sie sich.

„Also, ich geh danach meist in das Eisdampfbad. Und später auf alle Fälle noch in die Moor- und Kelosauna. Wenn du willst, kannst du dich ja dazugesellen. Zwischendurch geh ich aber mal in das Becken und schwimme nach draußen. Dann lass ich mich von den Düsen massieren. Und wenn ich mal eine halbe Stunde auf der Liege bin, brauche ich auch meine Ruhe. Also, jetzt kennst du fast mein ganzes Programm." Amüsiert sah er sie an. Er hatte braune Augen und kurzes schwarzes Haar.

„Abgemacht. Ich bin dabei."

Im weiteren Verlauf des Gespräches erfuhr sie, dass er Pascal hieß und mit einem Freund eine Woche Urlaub in Kolbermoor machte. Sein Freund zog es heute vor, auf den Wendelstein zu gehen, trotz der diesigen Aussicht. Nachdem sie die nächsten drei Stunden fast nur noch gemeinsam verbrachten, lud sie Pascal im Restaurant der Therme später zum Essen ein. Dort erzählte er einiges aus seinem Leben und dass er in der IT-Branche arbeiten würde. Eigentlich keine schlechte Partie, dachte sie sich, aber halt ein Urlauber und die wollten meistens nur das „Eine". Nachdem er sie einlud, zwei Tage später mit ihm zum Essen zu gehen, ging sie darauf ein. Wie konnte sie auch ahnen, dass dieser Abend und diese Nacht ihr Leben entscheidend verändern sollten. Leider nicht zum Positiven.

3. Kapitel

Die Situation im Zug hatte sich beruhigt und entspannt. Die drei Beamten der Bundespolizei hatten den zwei jungen Schlägern Handschellen angelegt und führten sie ab. Einer der beiden, den Sarah brachial erwischte, musste notärztlich behandelt werden. Als der Zug nach der Haltestation Bruckmühl wieder Fahrt aufnahm, meinte Sarah kess:

„Sie sind ja ganz schön mutig und gut drauf. Hätte ich Ihnen ehrlich gesagt gar nicht zugetraut."

„Na ja, ich war fast fünfunddreißig Jahre bei der Polizei. Da lernt man schon den ein oder anderen Handgriff und Schlag kennen. Was meinen Sie, wie oft man in solch bedrohliche Situationen kommt. Aber ohne Ihre schlagkräftige Hilfe hätte ich im weiteren Verlauf aber bestimmt alt aus gesehen, im wahrsten Sinne des Wortes. Und die anderen Fahrgäste waren alle zu feige, um einzugreifen. Traurig, aber meistens so."

„Auf jeden Fall, Herr Bierbichler, sollten Sie bei Ihrer Kur mal einen Abstecher nach Rosenheim machen, sind Sie jederzeit in unserem Hotelrestaurant herzlich eingeladen."

„Da komme ich bestimmt noch gern darauf zurück. Rosenheim ist ja nur ein Katzensprung von Bad Aibling entfernt. Ich bin jetzt nämlich gleich da."

Drei Minuten später hatten sie Bad Aibling erreicht. Sarah fiel Bierbichler zum Abschluss noch schnell um den Hals und steckte ihm eine Karte des Hotels zu. Dann nahm er seine Tasche und seinen Rucksack und stieg aus dem Zug. Ein kleiner Hotelbus holte ihn ab und brachte ihn zu seiner Unterkunft. Das zwei Kilometer entfernte Hotel Kindl war ein alteingesessenes Kurhotel mit bestem Ruf. Es war im Ortsteil Harthausen, wo fast alle großen Kliniken und Hotels lagen. Dort checkte er ein und bezog ein komfortables Doppelzimmer mit Balkon. Seine Koffer waren auch bereits geliefert und auf dem Zimmer. Er verstaute sein Equipment, zog sich um und legte sich mit seiner Unterhose auf den Balkon. Die Temperatur lag bei angenehmen dreiundzwanzig Grad, mehr als genug, um noch zwei Stunden auf dem Balkon zu verbringen. Er atmete tief ein und genoss die herrliche Aussicht auf die Chiemgauer Alpen, die heute zum Greifen nah erschienen. Um achtzehn Uhr dreißig zog er sich um und ging runter zum Abendessen. Ihm wurde ein Tisch für zwei Personen zugeteilt, direkt an der großen Glasfront, die zur Liegewiese des Hotels zeigte. Da er eine Pauschale mit kalorienreduzierter Kost gebucht hatte, bediente er sich nicht am Buffet, sondern bekam eine fettarme Nudelsuppe mit einem Schälchen Magerquark. Als er genüsslich an seiner Suppe löffelte, gesellte sich sein Tischnachbar zu ihm. Mit einem Grinsen kam ein Mann Ende sechzig an den Tisch: „Schönen guten Abend, mein Name ist Peer Schröder."

„Angenehm, Sepp Bierbichler."

„Klingt so typisch Bayerisch der Name, nehme an, Sie sind aus dem Süden?"

„Ja, aus Kempten im Allgäu, und Sie?"

„Ich bin aus der Nähe von Hannover."

Sie quatschten noch bangloses Zeug und Bierbichler dachte sich, warum er ausgerechnet einen Mann an seinen Tisch bekam, wo doch noch mindestens sieben Frauen alleine an den Tischen saßen. Schröder gab an, dass er bereits zum neunten Mal in Bad Aibling war, und gab ihm einige Tipps für seinen Aufenthalt.

„Und dann hab ich noch einen guten Vorschlag zum Ausgehen am Abend. Nicht weit weg von hier, vielleicht zweihundertfünfzig Meter entfernt, befindet sich das Tanzcafé Hubertus. Da ist von Donnerstag bis Sonntag ab zwanzig Uhr immer die Hölle los. Da hab ich schon am Wochenende einige interessante Bekanntschaften gemacht. Bis Ende September haben sie auch mittwochs auf, weil die Kliniken und Hotels gut gebucht sind. Hätten Sie Lust mitzugehen?"

„Mittwochabend?"

„Ja, so gegen zwanzig Uhr dreißig, sonst kriegen wir keinen Platz mehr. Vielleicht schließt sich ja noch jemand an. Sehen Sie die Dame, vier Tische weiter, rechts von Ihnen?"

„Ja, die Frau mit der Brille und hochgestecktem Haar?"

„Genau die. Ich hab sie am Wochenende kennengelernt. Eine sehr Tanzfreudige, die geht bestimmt auch mit."

Bierbichler sah sie an, aber sie war vertieft in eine Prospektlektüre. Sie durfte etwa Mitte fünfzig sein, trug ein Kleid mit Blümchenmuster und hatte eine üppige Oberweite.

„Wir werden uns ja bis Mittwoch noch öfter sehen, da lernen Sie die Gisela bestimmt noch kennen."

Sie redeten noch eine Stunde, bis Bierbichler sämtliche

Lokalitäten im Ort kannte, wo es gutes Essen und nette Damen gab. Als sie sich bei einem Bier zuprosteten, duzten sie sich. Nach dem zweiten Glas Weißwein verabschiedete sich Bierbichler und ging aufs Zimmer. Fürs Erste wusste er genug. Die Voraussetzungen für einen vergnüglichen Kuraufenthalt waren gegeben nach dem unangenehmen Zwischenfall im Zug. Nur sollte alles noch viel schlimmer kommen.

4. Kapitel

Jenny Bierbichler und ihr neuer Freund Alex Bittl waren ein Herz und eine Seele. Sie waren erst seit fünf Wochen zusammen, aber die Zuneigung war sehr groß. Er hatte viel Verständnis für ihre anfängliche Schüchternheit, hatte sie doch in der Hütte in den Allgäuer Alpen Schreckliches erlebt. Er kannte die ganze Geschichte und hoffte, dass sie sich die nächsten Wochen mehr öffnete und wieder Vertrauen fand in eine neue Beziehung. Alex hatte viel Zeit und Geduld investiert, um sie wieder moralisch und seelisch aufzubauen. Alex hatte Jennys Vater bisher noch nicht persönlich kennengelernt. Sie hatte zwar schon häufig von ihm gesprochen, aber zu einer Vorstellung kam es bisher noch nicht. Das sollte sich jetzt aber ändern. Zum einen hatte sie genügend Vertrauen in Alex, dass die Beziehung länger ging, zum anderen war die ideale Gelegenheit, ihn auf seiner Kur am Wochenende in Bad Aibling zu besuchen. Sie hatte ihm die Kur empfohlen, da sie merkte, dass er daheim in Kempten Langeweile und auch Einsamkeit empfand. Sie hoffte, dass er in anderer Umgebung und mit neuen Bekanntschaften wieder den Spaß am Leben fand. Sie saßen zusammen auf ihrer Couch in ihrem kleinen Studentenappartement in München-Bogenhausen.

„Also, ich hab mit meinem Vater gesprochen. Er wäre erfreut, wenn wir ihn am Sonntag besuchen. Wir holen ihn an seinem Hotel ab und fahren entweder an den Chiemsee oder nach Salzburg. Je nachdem, wie das Wetter mitspielt."

„Ja, gute Idee, ich war eh noch nie im Chiemgau und in Salzburg. Hab bisher leider die Costa Brava bevorzugt", meinte er grinsend.

„Am Chiemsee könnten wir ja auch eine Schifffahrt machen, der See ist ja riesig", meinte sie und schenkte ihm sein Glas mit Cola ein.

„Gerne. Bin ja ganz gespannt auf deinen Dad, nachdem du so viel von ihm erzählt hast."

„Aber eine Bitte, Alex, sprich ihn nicht auf den Vorfall am Schrecksee an oder auf seine Polizeizeit. Das macht eher eine betrübliche Stimmung."

„Okay, hätte ich eh nicht gemacht."

Der Fall zum Abschluss seiner Polizeilaufbahn hatte auch ihrem Vater schwer zugesetzt. Deshalb hatte er auch seinen Dienst auf eigenen Wunsch vorzeitig beendet. Sie hoffte, dass er auch eine nette Bekanntschaft machte, die ihm wieder mehr Freude ins Leben brachte. Seit dem Tod ihrer Mutter vor einigen Jahren hatte er keine Frau mehr gehabt. Und um einsam und allein in einem großen Einfamilienhaus in Kempten bis zu seinem Tod zu wohnen, wäre für sie unvorstellbar. Ihre Mutter wurde nur fünfundfünfzig Jahre alt, sie starb an Lungenkrebs. Auch die Eltern von Alex lebten seit vier Jahren getrennt. Sein Vater, ein Arzt, hatte einen lukrativen Job in Zürich bekommen und sich dann kurz danach eine Schweizerin geangelt. Das nahm er ihm heute noch übel, als er dann nach fünfundzwanzig Jahren Ehe seine Mutter „abservierte". Deshalb war das Verhältnis zu ihr auch sehr intensiv, im krassen Gegensatz zu seinem Vater.

„Und falls dein Vater keinen Kurschatten findet, stelle ich mal einen Kontakt zu meiner Mutter her", meinte er ironisch und küsste sie auf die Wange.

5. Kapitel

Am Mittwochabend verabredeten sich Tina und ihre Saunabekanntschaft Pascal im Pippione, einer beliebten Pizzeria in Bad Aibling. Sie saßen um zwanzig Uhr noch im Freien, weil die Temperaturen noch bei angenehmen achtzehn Grad lagen. Es war leicht bewölkt, aber windstill. Sie bestellte Spagetti Carbonara und er Lasagne. Zum Trinken Rotwein und Wasser. Tina wollte den Wein lieber verdünnen, weil sie am nächsten Tag arbeiten musste und meistens schnell beschwipst war.

„Ist dein Freund nicht sauer, wenn du ihn so häufig allein lässt?", fragte sie ihn, während sie ihre Spagetti an der Gabel aufrollte.

„Ach, der hat damit kein Problem. Heut Abend kommt ja auch das Fußballspiel um Viertel vor neun, das wollte er ansehen. Und in den zehn Tagen, die wir jetzt hier sind, bist du ja das erste Date, das ich bisher hatte."

Sie tat so, als ob sie ihm das glaubte.

„Und sonst noch nicht fündig geworden? Ihr wart doch bestimmt schon eifrig unterwegs, auch am Abend, oder?"

„Hier sind vorwiegend ältere Kurgäste, da ist in meiner

Altersliga bis dreißig nicht viel da", meinte er amüsiert und nippte an seinem Glas Rotwein. „So hübsche Frauen wie du sind hier schon Rarität."

Sie war geschmeichelt, obwohl sie den Schleim triefen sah.

„Und der Patrick, meine Spezl, der ist ja auch schon seit vier Jahren verheiratet und ein ganz Treuer, wie es sich gehört", ergänzte er.

„Im Gegensatz zu dir", sagte sie lachend und stieß mit ihm an.

„Ich bin seit zwei Jahren Single und muss niemand Rechenschaft ablegen", versuchte er sich zu rechtfertigen. „Und du, schon lange solo?"

„Seit acht Monaten, aber das kann man nicht Beziehung nennen. Es war ein kurzes Verhältnis mit einem Arzt bei uns in der Klinik, wo ich arbeite."

„In welcher Klinik arbeitest du?"

„In der Rehaklinik Wendelstein, das ist eine Einrichtung für Rheuma- und Orthopädiepatienten. Ich bin dort Physiotherapeutin."

„Und was machst du, ich meine beruflich?"

„Mein Vater hat eine Fitnessstudiokette im hessischen Raum, wo ich auch herkomme. Da mach ich die Geschäftsführung und bin auch für die Expansion verantwortlich."

„Bestimmt interessant, Fitness liegt ja im Trend."

„Ja, das stimmt, die Umsätze gehen kontinuierlich nach oben."

„Hört sich ja spannend an. Muss ja gut laufen, wenn du mit so einem teuren Porsche in der Gegend rumfährst."

„Man gönnt sich ja sonst nichts. Aber Spaß beiseite, der ist geleast und wird über die Firma abgeschrieben. Man braucht ja was für die Steuer."

Auf seine teure Rolex sprach sie ihn erst gar nicht an.

„Hast du noch Lust nach der Pizzeria zum Tanzen zu gehen? Im Tanzcafé Hubertus ist tolle Musik und gutes Ambiente."

Sie kannte es, vermied es aber, öfter dorthin zu gehen, weil immer viele ihrer Klinikgäste das Lokal besuchten. Aber es war ja noch früh am Abend, erst halb zehn.

„Okay, aber nur bis Mitternacht. Ich muss morgen früh raus und hab es nicht so schön wie du."

„Abgemacht. Trinken wir noch einen Espresso, dann gehen wir."

Tina kam kurz ins Grübeln. Der Typ sah zwar gut aus, aber hoffentlich bedrängte er sie beim Tanzen nicht zu sehr. Und wie ein Macho kam er eigentlich schon rüber, trotz seiner Freundlichkeit. Aber die wirkte etwas aufgesetzt. Nachdem sie den Kaffee getrunken hatten, zahlte er und sie liefen zu ihren Autos. Tina war selbst gefahren, weil sie sich zu späterer Stunde nicht von ihm abhängig machen wollte. Sie wohnte in Großkarolinenfeld, das von dem Tanzlokal gut drei Kilometer entfernt lag.

„Also, dann bis gleich. Wir treffen uns auf dem Parkplatz vom Hubertus", sagte er und fuhr rasant voraneweg.

Kurzzeitig überlegte Tina nicht mitzugehen und einfach heimzufahren. Ein Gefühl sagte ihr, dass es vielleicht besser wäre. Aber dann käm der Typ womöglich noch auf die Idee, bei ihrem Arbeitsplatz vorbeizuschauen, um eine Szene zu machen. Also gab sie sich einen Ruck und fuhr zum Tanzlokal. Sie hätte besser auf ihr Gefühl gehört.

6. Kapitel

Als Josef Bierbichler am Mittwochnachmittag auf der Sonnenterrasse des Kurhotels war, lagen Peer Schröder und Gisela Aust, die mit ihm ins Hubertus gehen wollten, bereits neben ihm. Am Dienstag hatten sie bereits ausgiebig Gelegenheit gehabt, sich kennenzulernen. Schröder lud beide auf eine Spritztour nach Rosenheim ein, wo sie die Stadt besichtigten und in den Biergarten gingen. Gisela war siebenundfünfzig und seit der Scheidung von ihrem Mann auch alleine. Sie war Lehrerin und aus Chemnitz. Allerdings war sie nicht Bierbichlers Typ, sie war korpulent und redete ihm zu viel und dann auch noch breitestes Sächsisch. Da hoffte er, dass es im Hubertus noch bessere Alternativen gab. Bevor sie losgingen, trafen sie sich noch beim gemeinsamen Abendessen im Hotel. Beide hatten sich schon schick in Schale geworfen. Gisela trug hohe Stilettos und ein schwarzes Kleid, Peer ein weißes Hemd mit brauner Leinenhose und Sakko.

„Und was hast du nach dem Frühstück heute Schönes gemacht, Sepp?", fragte Gisela, während sie in ihrer Salatschüssel rumstocherte.

„Ich war mit dem Bus in Kufstein, ein zauberhaftes Städtchen. Nachdem ich die Stadt angeschaut habe, bin ich noch auf die riesige Festung hinauf. Sehr imposant und sehenswert."

„Hört sich gut an, nehm ich mir fürs Wochenende vor. Ich war nur einkaufen und im Eiscafé am Marienplatz. Hab mir dann noch neben der Eisdiele ein Buch gekauft."

„Und bei dir, Peer? Was war nach der flotten Aquagymnastik angesagt?"

„Ich hab dann gleich sportlich weitergemacht. Schließlich will ich hier in drei Wochen zehn Kilo abnehmen. Ich hab mir ein Fahrrad ausgeliehen und bin zum Simssee geradelt. Das sind knapp zehn Kilometer von hier. Das Wasser hat auch noch über zwanzig Grad, da bin ich noch ein paar Mal rein. Als ich dann am Ufersteg lag, konnte ich noch ein makabres Schauspiel verfolgen."

„Schauspiel? Welches Schauspiel?", fragte Gisela.

„Gut, dass mir das nicht unter die Arme schwamm. Stellt euch vor, sie haben von der Wasserwacht eine Leiche rausgefischt aus dem See!"

„Eine Leiche? Um Gottes willen, ist jemand ertrunken?", fragte Bierbichler.

„Nein, was ich mitbekommen habe, lag bzw. ‚schwamm' die Tote schon länger im See. Ein herbeigerufener Arzt meinte, dass die Frau schon mindestens eine Woche im See trieb."

„Da vergeht mir ja gleich die Lust, im See zu schwimmen", meinte Gisela sichtlich geschockt. Ich wollte ja eigentlich am Wochenende in den Chiemsee."

„Konnte man die Leiche noch erkennen?", fragte Bierbichler.

„Ja, es war eine schlanke junge Frau. Bestimmt noch keine dreißig."

Bierbichler begann zu schwitzen. Unwillkürlich wurde er an seinen letzten Fall am Schrecksee erinnert. Dort wurden auch mehrere Leichen in einem Massengrab auf der Insel des Sees entdeckt. Zufall, Zufall, Zufall, hämmerte er sich gewaltsam ins Gehirn ein.

Anscheinend blieb das den anderen nicht verborgen. „Geht's dir nicht gut, Sepp?", fragte Gisela, als sie sein blasses Gesicht sah.

Er wollte jetzt nicht mit seiner Geschichte kommen, deshalb versuchte er das Thema zu wechseln: „Vielleicht gibt's ja Haie hier", versuchte er es mit einem misslungenen Scherz. Der Appetit war ihm auf jeden Fall vergangen.

„Die Todesursache wusste der Arzt auch noch nicht. Sie wird bestimmt genauer untersucht, dann steht's in den nächsten Tagen in der Zeitung hier. Aber lassen wir uns dadurch nicht den Abend vermiesen. Ich gebe eine Flasche Weißwein aus, damit wir beschwingt ins Hubertus gehen können."

Sie tranken und lachten, bis um zweiundzwanzig Uhr, dann gingen sie gemütlich schlendernd ins Tanzcafé.

7. Kapitel

Als Tina und Pascal kurz nach zweiundzwanzig Uhr das Tanzcafé betraten, war es brechend voll. Pascal hatte vorsorglich einen Tag vorher einen kleinen Tisch für sie reserviert. Er lag leicht nach hinten versetzt, nicht direkt an der Tanzfläche, dass noch eine Konversation möglich sein sollte. Sie bestellten zwei Cocktails bei den Klängen von Helene Fischer und schauten den vielen Tanzwütigen zu. Als der DJ den Klassiker „Moviestar" von Harpo auflegte, war Tina nicht mehr zu halten. Sie nahm Pascal an die Hand und zog ihn mit auf die Tanzfläche.

„Jetzt schauen wir mal, wie es mit deinem Taktgefühl beim Tanzen aussieht", sagte sie und merkte gleich bei den ersten Schritten, dass es da eher mau aussah.

„Beim Slowfox bin ich besser", gab er kleinlaut zurück.

Beim zweiten Tanz, als Marianne Rosenbergs „Lieder der Nacht" kamen, wurde es auch nicht besser. Sie merkte, wie unsicher er auf der Tanzfläche wirkte. Beim nächsten Lied, Rod Stewarts „Sailing", war er dann in seinem Element. Ein typisches Lied, um eine Frau rumzukriegen. Er schmiegte sich so eng an sie, dass kein Blatt Papier mehr dazwischen passte. Als sie seine Beule an der Hose spürte, wusste sie, was er jetzt wohl am liebsten machen würde. Nach dem Tanz gönnten sie sich eine längere Pause und gingen auf die große Terrasse des Lokals ins Freie. Die Nacht war klar und die Luft mittlerweile recht kühl.

„Ich muss mal schnell für kleine Mädchen", sagte sie und ging auf die Toilette. Mit ihrer eng anliegenden weißen Bluse, den hohen Schuhen und dem schwarzen Leder-Minirock zog sie auch viele andere Männerblicke auf sich. Als sie zurückkam, hielt er zwei Gläser Sekt in der Hand.

„Auf den schönen Abend, Tina", meinte er und drückte ihr eines in die Hand. Sie stießen an und Tina vermutete, dass er sich langsam auf „Tuchfühlung" begeben würde, aber er hielt sich erstaunlich artig zurück.

„Lass uns wieder reingehen, mir wird kalt", bat sie ihn, nachdem sie ausgetrunken hatten. Sie nahmen wieder Platz und Tina merkte auf einmal, dass ihr nicht mehr so ganz wohl war. „Scheiß Alkohol", dachte sie sich, als sie Tina Turners „What's Love Got to Do with it" hörte. Er nahm sie diesmal bei der Hand und zog sie mit sich auf die Tanzfläche. Engumschlungen tanzten sie im Zeitlupentempo. Tina merkte, dass ihre Schritte immer schwerer wurden, die Gedanken leerer. So ein komisches Gefühl hatte sie nach Alkohol noch nie gespürt. Ihr kam es vor, als schwebte sie im Raum.

„Komm, mein Schatz, ich bring dich ins Auto", hörte sie ihn wie aus weiter Ferne sagen. Sie merkte noch, wie er sie stützend ins Freie führte. Sie wollte ihm was sagen, ihre Stimme versagte. Die Zunge war bleischwer, ihre Sinne schwanden. Als ob sie über den Wolken schwebte, hörte sie wie in Trance seine kalte Stimme:

„So, Baby, jetzt schnallen wir dich noch an. Dann geht's auf zum Trip deines Lebens."

Sie merkte nicht mehr, als er sie in seinem Wagen anschnallte. Als er losfuhr, sackte ihr Kopf zur Seite und alles wurde schwarz um sie.

8. Kapitel

Um zweiundzwanzig Uhr fünfundzwanzig hatten Bierbichler und seine beiden Kurkollegen das Tanzcafé erreicht. Aufgrund des vollen Parkplatzes ahnten sie, dass das Lokal bestimmt bis auf den letzten Platz besetzt war. Sie lümmelten sich deshalb an die auch schon dicht belagerte Bar.

„Na wenigstens ein Lokal, wo ich mich mit meinem Alter noch sehen lassen kann", meinte Bierbichler, als er sich das Publikum betrachtete. Die Gäste waren vorwiegend zwischen fünfunddreißig bis bestimmt siebzig Jahre, sehr breit gestreut.

„Aber einige könnten auch schon unsere Kinder sein", entgegnete Gisela und wies mit ihrem Kinn auf ein sehr attraktives Pärchen hin, das bestimmt noch keine dreißig war.

Bierbichler sah die junge Dame mit dem knappen schwarzen Minirock und einer engen Bluse, die drohte von ihrer Oberweite gesprengt zu werden. Ein nicht minder attraktiver dunkler Typ begleitete sie.

Nachdem Peer Schröder drei Gläser Wein bestellt hatte, sah sich Bierbichler die anderen Gäste genauer an. Ein guter Frauenanteil, dachte er sich und spechtete, wen er denn am schnellsten zum Tanzen holen könnte. Seine Augen kreisten über das Lokal und blieben dann gebannt an einer Dame hängen. Beim Ausgang der Terrasse stand eine hochgewachsene dunkle Frau mit peppigem Kurzhaarschnitt, um die fünfundvierzig. Ihre Blicke trafen sich, da wusste Bierbichler, dass er keine große Zeit verlieren dürfte. Nicht dass sie ihm ein anderer wegschnappte. Bevor der DJ eine andere Scheibe auflegte, ging er zielstrebig auf sie zu.

„Darf ich bitten?", fragte er im Stil eines Gentlemans.

„Gern", antwortete sie kurz und knapp und lachte ihn an. Er war mit seiner Frau früher viel beim Tanzen gewesen, das zahlte sich jetzt aus.

„Sie tanzen vorzüglich", sagte sie und er merkte, dass sie es ehrlich meinte.

Nach drei Tänzen fragte er sie: „Sind Sie alleine hier?"

„Ja, ich kam erst gestern an, ich bin in der Rehaklinik, unweit von hier."

„So jung und schon Reha?"

„Tja, leider. Rheuma betrifft leider auch schon viele Jüngere. Ich plag mich schon seit sieben Jahren damit herum."

„Wie lang sind Sie denn hier?"

„Drei Wochen, aber ich hoffe, ich bekomme eine Verlängerungswoche."

Gute Aussichten, dachte er sich, sofern ich sie erobern kann. Mit ihren hohen Absätzen war sie so groß wie er mit seinen fast eins neunzig.

„Übrigens, mein Name ist Sepp Bierbichler."

„Ich bin die Helena."

„Welch ein bezaubernder Name für eine solch umwerfende Frau."

„Danke!"

„Wollen Sie sich zu mir an die Bar gesellen, Helena?"

„Gerne, Sepp."

Die anderen beiden machten große Augen, als er sie im Schlepptau hatte und grinsten.

Als sie an der Bar standen, fiel Bierbichler wieder die junge attraktive vollbusige Frau auf. Sie saß auf ihrer Bank, als ob es ihr schlecht wäre. Überrascht sah er, wie ihr Begleiter sie trotzdem auf die Tanzfläche führte. Engumschlungen tanzten sie zu den Klängen von Tina Turner. Es sah eher so aus, als stützte sie sich bei ihm, um nicht auf den Boden zu krachen. Bierbichler kam das sehr eigenartig vor, oder war die Frau schon so betrunken? Vor einer viertel Stunde tanzte die vollbusige noch wie bei „Let's Dance". Dann sah er, wie sie ihr Begleiter stützte und Richtung

Ausgang führte. Vielleicht war es seine Tätigkeit als Kripo-Beamter, die ihn stutzig werden ließ, auf jeden Fall hatte er das Gefühl, er müsste mit nach draußen schauen.

„Ich muss mal", sagte er zu Helena und begab sich ins Freie. Dort sah er, dass der hochgewachsene Typ sie die letzten Meter auf den Armen zu seinem Porsche trug. Instinktiv nahm er sein Samsung und kniete sich hinter einen BMW, dass der Typ ihn nicht bemerkte. Dann machte er mehrere Aufnahmen hintereinander, als der Typ sie auf den Beifahrersitz legte. Als sein Blitz zuschaltete, merkte er, wie der Mann sich kurz umsah. Er schien was bemerkt zu haben und sah in seine Richtung. Bierbichler hatte Glück, zur gleichen Zeit fuhr ein neuer Besucher mit seinem Audi vor und blendete ihn. Er merkte, dass ein Platz frei werden würde, und wollte sich nicht die Parklücke wegschnappen lassen. Als der Mann das sah, stieg er ein und startete. Tief kauernd sah Bierbichler, dass er rückwärts wendete und dann stark beschleunigte. Bierbichler schoss nochmal zwei Aufnahmen von dem Porsche, bis der Wagen in der Dunkelheit verschwand.

9. Kapitel

Peer Schröder und Gisela Aust bekamen mit, wie Sepp Bierbichler eine hübsche dunkelhaarige Dame auf die Tanzfläche holte.

„Na, dann werden wir ihn wahrscheinlich heute Abend nicht mehr zu Gesicht bekommen", meinte Schröder grinsend. Insgeheim wusste er, dass Gisela Aust auch ein Auge auf Bierbichler geworfen hatte, weil er mit seinen eins siebzig eine Stirnlänge kleiner war als sie. Und die meisten Frauen mochten keine kleineren Tanzpartner.

„Tja, gute Tänzer sind immer begehrt", meinte die Aust süffisant, als sie seinen flotten Tanzstil sahen.

„Sorry, Gisela, dass ich dich nicht auffordere, ich bin ein grottenschlechter Tänzer."

Du kannst dir nicht vorstellen, wie erleichtert ich bin, dachte sie und musterte die Männer, die um die Bar rumlehnten. Wie so oft, hatten die meisten lieber ihre Biergläser in der Hand.

Dann sahen auch sie das Paar, wo die junge Frau wirkte, als hätte sie schon eine Flasche Sekt getrunken. Fünf Minuten später entschuldigte sich die Aust und ging auf die Terrasse zum Telefonieren. Ihre neue Bekanntschaft daheim in Chemnitz musste natürlich noch ausgerechnet um diese Zeit anrufen. Als sie nach zehn Minuten wieder zurückkam, war sie überrascht, als sie sah, dass Bierbichler seine neue Flamme mit zu ihnen an die Bar geholt hatte. Sie stellten sich einander vor und Schröder bestellte eine Flasche Riesling. Sie erfuhren, dass die attraktive Frau nicht weit weg von ihnen in der Wendelsteinklinik wegen Rheuma in Reha war. Normalerweise müsste sie bis spätestens dreiundzwanzig Uhr wieder in der Klinik sein. Aber vermutlich war ihr das, aufgrund des netten Abends und der Bekanntschaft zu Bierbichler, jetzt so ziemlich egal. Es war mittlerweile schon kurz nach halb zwölf. Dass das junge Paar und der Exkommissar für einige Minuten verschwanden, fiel ihnen im Trubel nicht mehr auf. Als er später wieder bei ihnen an der Bar stand, feierten sie noch ausgelassen bis zwei Uhr früh. Bierbichler nahm Helena mit zu sich aufs Hotelzimmer, weil sie nicht mehr in die Rehaeinrichtung reinkonnte. Aber gab es keine besseren Gründe, um eine heiße Braut mit aufs Zimmer zu nehmen? Hoffentlich hatte er für sein weiteres Vorhaben nicht zu tief ins Glas geschaut. Die Bedeutung seiner Beobachtung würde erst in einigen Stunden großes Aufsehen erregen.

10. Kapitel

Donnerstagmorgen, acht Uhr fünfzehn.

In der Wendelsteinklinik herrschte Ratlosigkeit. Tina Probst war zur alltäglich stattfindenden Besprechung der ganzen Physiotherapeuten im Besprechungsraum nicht erschienen. In der kurzen Kaffeepause wurden immer die Pläne und Abläufe der nächsten Tage besprochen. Der Abteilungsleiter prüfte auch immer, ob alle vollzählig sind, und besprach die wichtigsten Abläufe der nächsten Tage. Allen fiel sofort auf, dass Tina fehlte. Sie war bei fast allen Kollegen aufgrund ihrer sympathischen und akkuraten Art sehr beliebt.

„Ich warte noch fünf Minuten, dann ruf ich sie auf dem Handy an", sagte ein leicht verärgerter Stefan Vogt. Er war seit drei Jahren Leiter der Physio-Abteilung.

„Vielleicht hatte sie einen Unfall oder ihr ist daheim was passiert?", meinte Alexa, die schon öfter mit ihr beim Joggen war.

„Möglich. Aber dann muss es wirklich schlimmer sein, es gibt ja schließlich Handys und Telefon."

Es war das erste Mal, seit sie in der Klinik begonnen hatte, dass sie nicht pünktlich erschien. Als weitere vier Minuten verstrichen, nahm er den Hörer vom Festnetzanschluss und versuchte sie auf dem Handy zu erreichen.

„Der Teilnehmer ist momentan nicht zu erreichen", tönte es von der Ansage des Handys. Eine Nachricht konnte man auf der Mailbox nicht hinterlassen.

„Okay, es bringt nichts, noch länger zu warten", meinte der ungehaltene Vogt. „Brigitte, du und Alexa, ihr müsst versuchen, das zu kompensieren und die Stunden von ihr so gut wie möglich zu übernehmen. Kürzt die Anwendungen bei euren Stunden etwas. Den Teilnehmern gegenüber sagt ihr vorerst nichts."

Drei Stunden verstrichen, bis zum Mittag war Tina immer noch nicht erschienen. Alexa kannte Tinas Schwester, die bei einem großen Discounter in Kolbermoor arbeitete, und rief dort an. Fünf Minuten später bekam sie die ältere Schwester an die Strippe.

„Hey, was gibt's, Alexa? Ich kann nur kurz sprechen, hab noch keine Pause."

„Petra, wir machen uns große Sorgen um Tina, sie ist heute nicht zur Arbeit in die Klinik gekommen. Weißt du, wo sie sein könnte?"

„Keine Ahnung, Alexa, ich hatte zuletzt mit ihr am Montag Kontakt, da war sie in der Therme, als sie ihren freien Tag hatte. Habt ihr sie schon auf dem Handy angerufen?"

„Ja, da geht auch niemand hin. Weder auf dem Festnetz noch Mobil."

„Scheiße, wir geben ja noch Aquagymnastikkurse für die Volkshochschule am Abend. Ich werde Folgendes machen, Alexa: Mit dem zweiten Schlüssel, den ich für ihre Wohnung habe, werd ich mal nach Dienstschluss bei ihr daheim in Großkarolinenfeld vorbeischauen. Mehr kann ich auch nicht machen. Ich hoffe, es ist nichts Ernstes passiert."

„Okay, dann ruf mich bitte an, Petra, wenn du was Neues weißt."

„Ja, mach ich. Wenn sie bis zweiundzwanzig Uhr nicht daheim ist, fahr ich sofort zur Polizei in Bad Aibling und gebe eine Vermisstenanzeige auf."

„Gut, bis später."

Als Petra kurz nach halb fünf ihren Dienst beendet hatte, fuhr sie zu Tinas Wohnung.

Als sie aufsperrte und in die Wohnung trat, fiel ihr nichts Ungewöhnliches auf in der Zweizimmerwohnung. Wie immer, wenn sie kam, war alles ordentlich aufgeräumt. Sie machte sich eine kleine Brotzeit und sah auch, dass der Kühlschrank gut gefüllt war. Mit einem Salamibrot in der Hand nahm sie das Wohnzimmer unter die Lupe, ob sie nicht irgendeinen Hinweis fand. In der Diele schaute sie nach einem Register, Notizbuch oder Ähnlichem. Sie wusste, dass im Handyzeitalter solche Nummern oder Notizen auf dem Zettel kaum noch üblich waren. Das Einzige, was sie sah, war die Eintrittskarte der Therme. Da fiel ihr ein, dass eine Freundin von Tina als Teilzeitkraft in der Therme arbeitete. Vielleicht wusste sie was. Sie wusste, wie sie hieß, und sah im kleinen Telefonbuch nach ihrer Nummer. Sie fand sie und rief an.

„Rebecca Steiger."

„Hey, Rebecca, hier ist die Petra, Tinas ältere Schwester."

„Hey, wie geht's?"

„Gut so weit. Aber ich weiß leider nicht, ob das auf Tina zutrifft, sie ist seit gestern spurlos verschwunden."

„Was? Das ist nicht dein Ernst!"

„Doch, leider. Weißt du, wo sie vielleicht sein könnte?"

„Nein, ich habe sie zuletzt in der Therme am Montag gesehen. Seitdem nichts mehr gehört. Ist sie nicht auf dem Handy erreichbar?"

„Nein, schon mindestens dreißigmal probiert. Kein Rückruf oder eine SMS von ihr."

„Jetzt fällt mir noch was ein, Petra. Als Tina am Abend

die Therme verließ, hatte sie eine männliche Begleitung im Schlepptau."

„Das heißt, sie hat eine Bekanntschaft in der Sauna gemacht?"

„Sah ganz danach aus."

„Kannst du dich noch erinnern, wie der Typ aussah?"

„Ja, auffällig groß. Fast zwei Meter würde ich mal sagen. Sah eigentlich gut aus. Schlank, dunkel und markantes Gesicht, kurze Haare. Fast wie einer der Boxerbrüder vor zehn Jahren."

„Rebecca, wenn die Tina nicht mehr auftauchen sollte, ist das von Bedeutung. Vielleicht hat der Typ sie entführt?"

„Jetzt wollen wir mal nicht mit dem Schlimmsten rechnen. Wir machen es so wie besprochen. Du wartest jetzt mal die nächsten vier Stunden ab, kommt sie nicht, dann rufst du mich an. Und dann gehen wir gemeinsam zur Polizei."

„Alles klar, bis später."

Dann legte sie auf und wartete nervös bis einundzwanzig Uhr dreißig ab. Als sie kein Lebenszeichen vernahm, rief sie zuerst ihre Eltern in Bad Tölz an, dann holte sie Rebecca ab.

11. Kapitel

Donnerstagnachmittag, vierzehn Uhr.

Sepp Bierbichler lag mit einer Tageszeitung auf dem Liegestuhl der Sonnenterrasse. Er hatte noch etwas Schädelbrummen von dem Alkohol des frühen Morgens. Als er mittags mit Helena telefonierte, hatte sie ihren Besuch um Viertel nach vier angekündigt. Die Anwendungen der Rehaklinik endeten meistens zwischen drei und vier Uhr. Gut gelaunt betrat sie kurz nach vier die große Terrasse des Kurhotels. Sie sah wieder umwerfend aus, mit einem schwarz-weiß gepunkteten kurzen Kleid, ohne BH und mit braunen Sandaletten. Bei sonnigem, warmem Wetter trug sie eine schwarze Sonnenbrille, die fast die Hälfte ihres Gesichtes bedeckte. Als sie nach dem Besuch im Hubertus gegangen waren, ging sie noch mit auf sein Zimmer. Sie hatten leidenschaftlichen Sex, für ihn der erste seit vier Jahren, bevor seine Frau schwer krank wurde. Lächelnd trat sie auf ihn zu und gab ihm einen Kuss.

„Sepp, stell dir vor. Eine Therapeutin wird in der Klinik vermisst, diese junge Frau von gestern Abend!"

„Die hat bei euch in der Rehaklinik gearbeitet?", fragte

er überrascht.

„Ja, es war das große Gesprächsthema. Der ganze Stundenplan der Therapeuten geriet durcheinander. Ich dachte mir schon, dass ich sie vom Sehen kenne. Aber geschminkt und aufgebröselt war sie kaum noch zu erkennen."

„Hat man Angehörige oder die Polizei verständigt?"

„Ja, was ich mitbekommen habe, ihre Schwester."

„Was die in die Wege leitete, weiß aber noch niemand."

„Helena, wir müssen auf jeden Fall auch zur Polizei. Wir sind ja Zeugen des Vorfalls."

„Warten wir noch den heutigen Abend ab, vielleicht taucht sie ja noch auf."

„Ja, aber dann gleich morgen Mittag, wenn du morgen mehr weißt in der Klinik. Wir können ja eine Beschreibung des Mannes abgeben, falls es eine Entführung war."

„Ich weiß nur, dass er sehr groß war. Sein Gesicht hab ich ja gar nicht genau betrachtet. Ich hatte nur Augen für dich, Sepp", sagte sie mit einem Augenzwinkern.

„Ich habe den Mann, als er das Mädchen zum Auto brachte, bestimmt sechs- bis siebenmal mit dem Smartphone fotografiert."

„Echt super. Dann hat die Polizei ja gutes Material zum Sichten."

„Wenn hoffentlich auch die Bilder gut wurden bei dem dämmrigen Licht."

„Gut, Sepp, ich ruf dich um zwölf morgen an, dann holst du mich ab. Wenn wir zur Polizei fahren, kann ich daneben im Gewerbegebiet gleich noch einkaufen. Da ist auch ein Drogeriemarkt."

Dann spazierten sie Hand in Hand über einen schönen Wald- und Wiesenpfad zum Kurpark, der circa zwei Kilometer entfernt lag. Beim Café am Park kehrten sie ein und aßen ein Eis.

„Lass uns noch zum Zentrum laufen, ich will mir noch ein Buch und was zum Trinken mitnehmen, Sepp."

„Ja, machen wir. Ich brauche noch eine Zeitung und Badeschlappen."

Sie schlenderten durch den schönen, blühenden Park mit dem kleinen Weiher und liefen Richtung Zentrum. Als sie aus dem Park gingen, mussten sie vor dem Marienplatz eine Ampel überqueren.

Als sie bei Grün losgingen, hörten sie auf einmal quietschende Reifen und sahen einen dunklen BMW, der mit hoher Geschwindigkeit auf sie zuraste. Helena blieb vor Schreck wie gelähmt stehen. Nur Bierbichler erkannte sofort die lebensbedrohliche Situation. Er warf sich mit einem Sprung auf Helena und beide stürzten auf das steinharte Pflaster. Auf dem harten Asphalt kugelten sich beide am Boden. Nur um wenige Zentimeter verfehlten sie der Reifen und der Kotflügel des Fahrzeuges. Zwei andere Fußgänger schrien panisch auf und ein ebenfalls querender Radler wurde von dem Auto gestreift. Der Fahrradfahrer stürzte in hohem Bogen aus dem Sattel und knallte mit einem Überschlag auf das Straßenpflaster. Er brüllte wie am Spieß. Ein aus der anderen Richtung kommender Golf musste ebenfalls eine Vollbremsung einlegen und knallte gegen einen ein Meter hohen Blumenkasten, der neben der Ampel stand. Der BMW jedoch setzte mit halsbrecherischem Tempo seine Fahrt fort und war in wenigen Sekunden nicht mehr zu sehen.

12. Kapitel

Tina Probst schlug die Augen auf. Sie nahm nur ein flimmerndes Bild war, das sich ganz langsam klarte. Wo lag sie? Sie richtete sich etwas auf und spürte pochende Kopfschmerzen. Übelkeit ergriff sie. Verdammt nochmal, wo war sie? Langsam kam die Erinnerung zurück, erst schemenhaft, dann immer mehr. Erst das Essen, dann das Tanzcafé und dann? Dieser Dreckskerl musste ihr was in den Drink getan haben! Pascal? Was das überhaupt sein richtiger Name? Sie sah sich um. Sie lag in einem Zimmer mit vielleicht zwanzig Quadratmetern. Der Raum war sauber und einfach eingerichtet. Außer dem hundertvierzig Zentimeter breiten und zwei Meter langen Bett gab es noch

einen Tisch mit drei Stühlen, einen dreitürigen Schrank, eine schwarze Ledercouch und eine Kommode. Rechts im Eck waren noch zwei Türen. Vermutlich eine Toilette und eine Küche. Sie griff sich an die Stirn und merkte ihren heißen Kopf. Hoffentlich hatte sie kein Fieber. Langsam richtete sie sich auf und schwang die Beine aus dem Bett. Sie musste innehalten, sie bekam Brechreiz. Was hatte dieser „Pascal" ihr nur verabreicht? Der Raum hatte ein breites Fenster mit gut anderthalb Metern. Die Hälfte davon konnte man aufmachen. Auf einmal fiel ihr auf, dass sie ganz andere Klamotten trug. Ihre Kleidung, die sie im Tanzlokal trug, wurde ausgetauscht durch eine Jogginghose von Nike und ein schwarzes T-Shirt. Ihr BH war auch weg, nur ihr Schlüpfer war noch der gleiche. Hatte dieser Pascal sie aus- und angezogen? Sie lief zum Fenster und blickte hinaus. Irgendwo im dritten oder vierten Stock musste sie sich befinden. Beim Blick auf die Stadt runter merkte sie, dass sie das Stadtbild noch nie gesehen hatte. Eine altertümliche, altehrwürdige Atmosphäre, als wäre sie im Mittelalter. Ein geschlossenes, teilweise noch aus der Gotik und dem Barock stammendes Stadtbild, das sich ihren Augen zeigte. Ein großer Fluss durchlief die Stadt und eine riesige Brücke mit imposanten Figuren verliehen dem Stadtbild ein markantes Aussehen. Ohne Zweifel, eine sehr schöne Stadt. Aber gab es in Deutschland solch eine Stadt? Eine graue Wolkendecke machte das Antlitz der vielen alten Häuser etwas düster. Es herrschte reges Treiben auf den Straßen. Sie griff nach ihrem Samsung-Smartphone, man hatte es ihr auch abgenommen. Eine Entführung, zu welchem Zweck? Tina lief zur Tür und drückte die Klinke runter, verschlossen! Dann betrat sie die anderen beiden Zimmer. Wie sie vermutet hatte, eine kleine Küche und eine Toilette mit Waschbecken und Dusche. Dann nahm sie den Schrank unter die Lupe. Was waren denn hier für Klamotten. Ein Exfreund wollte mal, dass sie solche Teile beim Beate-Uhse-Versand mal bestellte. Sie holte einen transparenten Slip, BH und Body raus. Dann sah sie einen hautfarbenen durchgehenden Catsuit, der ein großes Loch hatte, wo sich die Scheide befand. Dann entdeckte sie Stiefel, Pumps und einen zwanzig Zentimeter langen Dildo in der Kommode. Jetzt ahnte sie, wo sie sich befand. Ein Bordell, Nightclub oder Ähnliches im Rotlichtmilieu? Dann bekam sie Harndrang und musste auf die Toilette. Als sie auf der Schüssel saß, bemerkte sie, dass ihr rechter Innenarm in der Beuge blau angelaufen war. Dann sah sie die Einstiche. Die Schweine hatten ihr eine Spritze verpasst! Sie ging zum Waschbecken, wusch ihre Hände und sah sich im Spiegel an. Sie war blass, das Make-up war zerlaufen, und tiefe Ränder saßen unter ihren schönen braunen Augen. Ihr schulterlanges, braunes Haar war zerzaust. Dann befiel sie eine Panikattacke. Wie wild rannte sie zur Tür und brüllte: „Lasst mich hier raus, ihr verdammten Schweine! Warum bin ich hier?"

Sie trommelte wie wild mit ihren Fäusten gegen die Holztür.

„Hallo, ist hier jemand? Warum sperrt man mich ein?"

Dann fing sie an zu weinen, rutschte an der Tür ab und kauerte wie ein Häufchen Elend am Boden. Von Weinkrämpfen geschüttelt vergrub sie ihren Kopf in den Armen und zitterte am ganzen Körper. Wenige

Minuten später hörte sie Geräusche auf dem Gang. Schritte von mehreren Personen. Jemand lief draußen und unterhielt sich. Sie kamen näher, sie wurden lauter. Sie stand auf und ging weg von der Tür. Jemand steckte einen Schlüssel ins Schloss und drehte ihn herum. Sie hielt den Atem an. Dann betraten sie das Zimmer.

13. Kapitel

Auf der Polizeidienststelle in Bad Aibling herrschte aufgeregte Stimmung. Sepp Bierbichler und Helena Suker saßen vor dem Inspektionsleiter Oberberger. Sie hatten Glück im Unglück. Beide hatten nur Prellungen und Hautabschürfungen. Bierbichler knickte bei seiner Rettungsaktion mit dem rechten Knöchel um. Er machte sich selbst einen Verband mit Voltaren und die Sanitäter desinfizierten ihre Abschürfungen. Ganz anders sah es mit dem Radler aus. Er hatte einen Schlüsselbeinbruch, trotz Helm eine schwere Gehirnerschütterung und eine gebrochene Hand. Trotzdem war er überglücklich, dass er noch am Leben war, der Helm rettete ihn vermutlich.

„Sie glauben also, Herr Bierbichler, das war ein gezielter Anschlag?", fragte ihn der glatzköpfige Oberberger.

„Sicher, oder warum denken Sie, ist der Fahrer geflüchtet? Sicher nicht aus Jux oder wegen Schock."

„Und Sie sehen einen direkten Zusammenhang mit dem Vorfall in dem Tanzlokal? Sie erzählten doch, dass der Mann Sie vermutlich gar nicht richtig gesehen hat."

„Ich vermute, dass er einen Komplizen im Lokal hatte, der ihm später davon erzählte."

„Wir werden versuchen, das schnellstmöglich herauszufinden, Herr Bierbichler. Wir haben sofort eine Fahndung nach dem Fahrzeug eingeleitet. Wie ein Zeuge erzählte, ist er sofort auf die Autobahn und Richtung Salzburg gerast. Jetzt ist es zwei Stunden später, ich schätze, wir werden ihn noch bis Mitternacht schnappen."

Kaum hatte er ausgesprochen, kam ein junger Polizist herein und sagte:

„Chef, wir haben den BMW entdeckt. Bei der Verfolgung haben uns die Kollegen aus Österreich geholfen. Sie haben das Fahrzeug auf dem Parkplatz eines Eurospars in Kufstein gesichtet. Dort wurde er abgestellt. Von dem Fahrer fehlt jedoch jede Spur. Wir überprüfen gerade, auf wen das Auto zugelassen ist."

„Okay, Storz, geben Sie Bescheid, wenn Sie weitere Neuigkeiten haben."

Storz nickte und verschwand.

„Sie sehen, es läuft, nur eine Frage der Zeit, bis wir den Kerl auch haben."

„Und der Porschefahrer mit der jungen Frau?"

„Fahndung läuft auf Hochtouren. Wir haben die Bilder Ihrer Handyspeicherkarte auf unseren Rechner übertragen. Auf zwei Aufnahmen sieht man den Fahrer zufriedenstellend. Wir bearbeiten die Bilder noch leicht, dann hat in Kürze jede Dienststelle in Deutschland die Fotos. Den Kerl kriegen wir auch."

„Und das Fahrzeug?"

„Vor ein paar Tagen in Berlin gestohlen und mit falschem Kennzeichen versehen. Der bisherige Halter weiß noch gar nichts von seinem Glück."

„Den Typen vom Lokal werden wir nur aufgrund der Bilder finden. Morgen schick ich aber einen Kollegen zum Hubertus, um den DJ und die Bedienung nach dem Kerl zu fragen. Vielleicht war er ja schon öfter da drin?"

„Ist dies der erste Fall dieser Art in Ihrem Zuständigkeitsbereich?"

„Also, Vermisste hatten wir immer wieder mal, so wie in anderen Regionen auch. Aber meistens sind sie früher oder später wieder aufgetaucht."

Helena hielt sich dezent zurück und verfolgte mit misstrauischem Blick das Verhör.

Oberberger ergänzte noch: „Einige wenige sieht man allerdings nie wieder. Aber vielleicht sind die ja ausgewandert oder sonst was. Was ich in der Polizeistatistik gelesen habe, sind 2012 in Bayern knapp achttausendvierhundert Personen verschwunden. Bis jetzt sind sechsundneunzig Prozent davon wieder aufgetaucht. Die anderen findet man vermutlich nie."

„Ein Gast in dem Kurhotel, wo ich übernachte, erzählte vorgestern, dass eine Leiche im Simssee gefunden wurde."

„Das ist korrekt. Die Sache ist in der Tat etwas mysteriös. Wir konnten die Leiche noch nicht identifizieren. Unser Rechtsmediziner sagte, dass sie mindestens schon drei bis vier Wochen darin gelegen hat. Vermutlich ist sie erst jetzt aufgetaucht. Aber hier in der Region wurde bis dato niemand vermisst."

„Sind Sie auch im gleichen Kurhotel, Frau Suker?", fragte er auf einmal die sichtlich überraschte Helena.

„Nein, ich bin in Reha in der Wendelsteinklinik."

„Sind sie Deutsche?"

„Ja, sonst könnte ich ja nicht in eine Klinik der Deutschen Rentenversicherung. Geboren bin ich aber in Tschechien. Wegen Heirat und Aufenthalt hier, aber seit zweiundzwanzig Jahren deutsche Staatsbürgerin."

„Und Sie leben noch mit Ihrem Mann zusammen?"

„Nein, seit fünf Jahren geschieden."

Verärgert mischte sich Bierbichler ein:

„Oberberger, ich weiß nicht, was Ihre blöden Fragen sollen? Hat das Leben von Frau Suker was mit dem Fall hier zu tun? Was geht Sie ihr Privatleben an?"

„Ach, Sie glauben gar nicht, Herr Kollege, pardon Exkollege, was für Zusammenhänge in vielen Fällen entstehen, die vorher keiner für möglich hielt."

Er kratzte sich am Kinn und fuhr nach einer Minute fort: „Aber sei's drum, ich entschuldige mich hiermit für diese private Frage. Also, ich würde jetzt erst mal vorschlagen, dass wir die Unterredung beenden. Sie regenerieren sich jetzt, machen sich noch ein paar schöne Wochen und wenn es was Neues gibt, lassen Sie es meine Kollegen wissen."

Sie verabschiedeten sich und gingen aus der Dienststelle. Ruhige erholsame Tage sollte es aber keine mehr geben.

14. Kapitel

Tina zog sich zum Bett zurück, als sie hörte, dass die Tür sich öffnete. Zwei Männer traten ein, die sie finster anstarrten. Einer, eins fünfundneunzig, kurz rasiertes blondes Haar, Ohrring rechts und muskulös. Der Zweite knapp über eins achtzig, schwarzes kurzes Jahr, mit Wangennarbe und athletischer Figur. Beide trugen Jeans und schwarze T-Shirts, der Größere ein Muscleshirt, wo seine Muskelpakete noch besser zur Geltung kamen. Nach zwei Minuten stierten sie Tina immer noch mit unbewegten Mienen an. Sie durchbrach die Stille:

„Warum bin ich hier? Wo ist Pascal?" Sie sahen sich an, dann antwortete der blonde Hüne mit gutem Deutsch, aber hörbarem Akzent:

„Du bist hier, weil du für uns arbeiten wirst. Pascal hat seine Aufgabe erledigt, dich hierherzubringen."

„Was soll ich arbeiten? Warum gerade ich?"

„Du siehst gut aus und hast große Titten. Das mögen unsere Kunden. Das hier ist ein Nightclub mit Stripteaselokal. Du wirst hier bedienen und mit manchen bumsen!"

Tina spürte, wie ihr Blutdruck und Puls stiegen, Übelkeit beschlich sie, ihre Hände wurden feucht.

„Was habt ihr mir gespritzt?"

„Das im Sekt waren K.-o.-Tropfen, die sind noch harmlos. Hier hast du eine Droge bekommen."

„Welche?"

„Ein Designerdroge, die bald ganz Europa überschwemmen wird. Sie macht stark abhängig. Wenn du sie nicht regelmäßig nimmst, werden dein Körper und dein Geist zerfallen."

Für Tina brach eine Welt zusammen. Der Brechreiz wurde immer stärker, sie bekam Schweißausbrüche.

„Das, was du jetzt im Moment spürst, sind erste Entzugserscheinungen, das wird noch viel schlimmer!"

„Ich glaub, ich muss gleich kotzen."

„Du brauchst jetzt jeden Tag eine Spritze. Wenn du sie nicht nimmst, wirst du durchdrehen. Also, tue genau das, was wir dir sagen."

„Was?"

„Zieh dich ganz aus!"

„Warum? Was habt ihr vor?"

Der Kleinere der beiden trat auf sie zu. Blitzschnell, sodass sie kaum seine Hand sah, gab er ihr eine Ohrfeige. Ihr Kopf wurde zur Seite geschleudert und sie taumelte leicht zurück.

„Ausziehen! Wenn ich es nochmal sagen muss, kriegst du eine Faust in den Unterleib."

Langsam zog sie ihre Jogginghose nach unten und warf das T-Shirt über ihren Kopf. Sie hatte nur noch ihren Slip an und verschränkte die Arme über ihren großen Brüsten. Ihr Blick ging zum Boden, sie konnte ihren Tränenfluss nicht mehr zurückhalten.

Sie wusste, wenn sie es nicht tat, schlug er vielleicht wieder zu. Aber ihre Arme wollten nicht mehr gehorchen, was ihr Verstand sagte.

Der blonde Hüne trat auf sie zu, der andere stand rechts von ihr.

„Bitte schlagt nicht, tut mir nicht weh!"

Dann ging alles rasend schnell. Der Hüne packte ihre Handgelenke, der andere nahm ihr Beine. Sie trugen sie aufs Bett. Dann riss ihr der Größere den Slip runter, er zerfetzte. Er machte seine Gürtelschnalle auf und schob seine Hose nach unten. Ein letztes Aufbäumen ihres Körpers, sie zuckte und drehte ihren Körper. Von hinten schlug der Kleinere ihr die Faust in den Rücken. Der Schmerz machte sie fast ohnmächtig. Vielleicht besser bei dem, was jetzt kam. Sie sah noch seinen steifen großen Schwanz. Übergroß erschien er ihr mit tränenden Augen. Er packte mit seinen Pranken ihre Fußgelenke und spreizte ihre Beine. Sie hatte keine Kraft mehr, sie konnte sich nicht mehr widersetzen.

Wie ein Vorschlaghammer drang er in sie ein, der Schmerz raubte ihr fast den Verstand. Sie wimmerte nur noch. Hoffentlich wurde sie bald ohnmächtig, dass sie nicht mehr mitbekam, was um sie herum geschah.

„Bitte lasst mich sein", flehte sie ein letztes Mal.

Unerbittlich stieß er wie ein Bulle zu und keuchte. Sein Partner öffnete von hinten seine Hose und holte seinen Schwanz hervor. Er begann über ihrem Gesicht zu ejakulieren. Sie wurde fast erdrückt und bekam keine Luft mehr, als er endlich kam. Wie ein Schwein grunzte er, als er in ihr kam. Der andere hinter ihr rieb ebenfalls wie ein Verrückter an seinem Pimmel und spritzte ihr ins Gesicht. Der Hüne stand auf und putzte seinen tropfenden Schwanz ab. Als das Sperma des anderen warm über ihr Gesicht lief, war sie nicht mehr bei Sinnen und fiel in ein tiefes schwarzes Loch. Das Leid war vorerst zu Ende, sie war endlich ohnmächtig.

15. Kapitel

Samstagnachmittag, vierzehn Uhr.

Café am Salinplatz, Rosenheim.

Sepp Bierbichler und sein Kurschatten Helena saßen bei bester Laune beim Eisessen in der Chiemgau-Metropole Rosenheim. Den Vorfall vor zwei Tagen hatten beide noch nicht verarbeitet. Der Fahrer wurde bis dato nicht gefunden. Bierbichler hatte bei der Polizeiarbeit hier eh kein gutes Gefühl. Sie wollten sich aber dadurch den Aufenthalt nicht vergraulen lassen. Sonnenschein und angenehme Temperaturen um die fünfundzwanzig Grad hoben ihre gute Stimmung.

„Danke, Sepp, dass du dich bei dem Verhör eingeschaltet hast, bei diesem komischen Polizisten."

„Der Typ hat doch einen an der Waffel, als ob deine Familie mit dem Fall was zu tun hätte. Was geht denn den dein Privatleben an", meinte er und löffelte genüsslich an seinem Nusseis. „Und von den beiden Typen haben sie anscheinend auch noch keine heiße Spur."

„Gib ihm noch etwas Schonfrist, es sind ja auch erst zwei Tage vergangen. Auf jeden Fall freue ich mich auf Sonntag, wenn uns deine Tochter und ihr Freund besuchen kommen. Nachdem du ja schon so viel von ihr erzählt hast."

„Ja, bin ja mal gespannt, wie ihr euch versteht. Aber von deiner Familie weiß ich bisher wenig. Über deine Tochter redest du ja nicht viel, nur dass sie in Prag wohnt. Was macht sie da?"

„Das Verhältnis ist leider nicht so gut wie bei euch. Sie war immer ein aufmüpfiges Kind. Und als ich mich vor sechs Jahren von meinem Mann trennte, sah sie die Schuld bei mir. Kurz nach ihrer Ausbildung als Verkäuferin ist sie dann nach Prag und arbeitet anscheinend in einer Anwaltskanzlei. Ich hab sie dort aber noch nie besucht und weiß nicht, ob das stimmt. Sie wird in zwei Monaten vierundzwanzig."

Bierbichlers Handy klingelte: „Ja, mein Schatz, wir sitzen gerade zusammen und sind im Zentrum von Rosenheim, auf der Terrasse eines Cafés. Uns geht's so weit gut. Ihr kommt an das Hotel Kindl und dann fahren wir gemeinsam nach Salzburg. Und wenn das Wetter schön bleibt, machen wir auf der Rückfahrt einen Abstecher an den Chiemsee. Schön, dann bis morgen um halb zwölf. Tschüss, mein Schatz, Gruß von Helena."

Dann legte er auf.

„Jenny ist auch schon sehr neugierig auf dich. Schließlich bist du die erste Frau, seit dem Tod ihrer

Mutter vor dreieinhalb Jahren, mit der ich mich wieder näher beschäftige."

„Hat ihr das auch schwer zu schaffen gemacht, mit ihrem Tod?"

„Ja, das Verhältnis zu ihr war von uns beiden sehr intensiv."

„Lass uns noch ein bisschen bummeln gehen durch die City, ich möchte mir eventuell noch einen Rock kaufen, Sepp."

Sie bezahlten und schlenderten zuerst durch den wunderbar blühenden Stadtpark und genossen an einer Bank die wärmenden Sonnenstrahlen. Wie Frischverliebte küssten und streichelten sie sich zwischendurch. Dann gingen sie zum Shoppen in die Fußgängerzone. Gegen sechzehn Uhr meinte Helena: „Sepp, es ist ja noch angenehm warm, lass uns doch zum Baden gehen."

„Wo, am Chiemsee?"

„Nein, da sind wir ja morgen vielleicht. Eine Patientin bei uns gab mir einen Geheimtipp. Nicht weit weg von Rosenheim sind zwei kleinere, nicht so stark frequentierte Seen. Da fahr ich uns hin. Das sind der Hofstätter und Rinsee, die kennen die meisten Touristen nicht so gut. Da soll es einige Stellen geben, wo wir ungestört sind."

„Aber wir haben ja gar keine Badehosen mit."

„Brauchen wir die? Es reicht ein großes Handtuch und eine Picknickdecke, und das hab ich im Auto."

„Wunderbar, mein Schatz, du denkst ja an alles."

„Okay, dann lass uns zum Auto gehen und fahren."

Bierbichler gefielen Frauen, die die Initiative übernahmen und nicht nur nach seiner Pfeife tanzten. Er konnte stolz sein, dass sie sich mit ihm überhaupt einließ, schließlich war er achtzehn Jahre älter und nicht gerade George Clooney.

Er war leicht untersetzt, zwar volles graues Haar, hatte aber eine vier Zentimeter lange Narbe zwischen Ohrläppchen und Kinn. Übrig geblieben von einer Messerstecherei vor zwölf Jahren.

Mit ihrem VW Golf erreichten sie nach einer viertel Stunde den Rinsee, den kleineren der beiden Seen. Wie Helena schon vermutet hatte, war der kleine See nur noch von wenigen Badegästen bevölkert, trotz lauer Temperaturen und fast wolkenlosen Himmels.

„Traumhaft", meinte Bierbichler, als er das Wasser mit der tollen Alpenkulisse um sie herum sah.

„Hab ich doch nicht zu viel versprochen, oder?"

Sie schnappten sich aus dem Auto die Decke, nahmen das Handtuch und eine Flasche Apfelsaftschorle mit. Dann spazierten sie am schmalen Weg den See entlang und umkreisten ihn. Schon nach wenigen Minuten erreichten sie eine kleine Bucht mit einem kleinen Wiesenstreifen in Ufernähe.

„Hier könnten wir doch wunderbar ins Wasser", meinte Bierbichler.

„Klar, hier bleiben wir. Da sind wir auch durch einige Sträucher von den Blicken anderer geschützt", meinte sie und grinste.

Auf dem Grünstreifen legten sie ihre breite Decke aus und sahen nur einen einzigen Schwimmer im türkisblauen, glänzenden Wasser. Sie zogen ihre leichten Sandalen aus und starrten sich zuerst nur an. Dann zog Helena ihr rotes T-Shirt aus, darunter trug sie einen schwarzen BH.

Bierbichler konnte kaum noch den Blick von ihr nehmen, als sie ihren BH öffnete und ihren weißen mittelgroßen Busen freigab, der sich farblich stark abhob von ihrer restlichen braunen Haut.

„Willst du dich nicht auch ausziehen?", fragte sie ihn, als sie ihren Rock nach unten zog. Er machte sein kariertes kurzärmliges Hemd auf und zog sich seine knielangen Shorts aus. Als er nur noch in seiner weißen Unterhose dastand, zog sie ihren schwarzen Stringtanga nach unten. Ein schmaler dunkler Haarstreifen bedeckte noch einen halben Zentimeter ihrer Schamlippen.

Bei ihm beulte sich schon die Hosenfrontseite, ehe er auch schnell seinen Slip abstreifte. Sie griff ihn mit ihren zarten Händen an die Eier und meinte: „Wir gehen zuerst eine kleine Runde schwimmen, dann gibt's die Entspannung."

Langsam liefen sie Hand in Hand die fünf Meter bis zum Wasser. Als sie ins Wasser liefen, spritzen sie sich gegenseitig an wie kleine Kinder. Dann stürzten sie sich mit einem Hecht ins angenehm warme Wasser, das gut und gern noch dreiundzwanzig Grad hatte.

Mit langsamen Schwimmzügen genossen sie das warme Wasser auf ihren nackten Körpern. Wie Frischverliebte umgarnten sie sich im Wasser, drückten, umarmten und küssten sich.

„Lass uns rausgehen, ich will dich jetzt spüren", hauchte sie ihm ins Ohr.

Dann drehten sie sich um und schwammen zurück. Auf der gegenüberliegenden Uferseite sahen sie nur ein halbes Dutzend Leute. Auf der Decke nahmen sie das Handtuch und rubbelten sich gegenseitig mit den Tuchenden trocken. Dann legten sie sich auf die Decke und lagen eng aneinander zum Kuscheln. Helena beugte sich über ihn und suchte seinen Mund. Dann spürte er ihre vollen Lippen, ihre Zungen suchten sich und spielten miteinander. Ihre Hände strichen über seinen stark behaarten Oberkörper. Seine Hände massierten ihre warmen, weichen Pobacken.

Engumschlungen wälzten sie sich auf der Decke. Als er auf dem Rücken lag, griff sie an seinen Schwanz, um zu spüren, ob er die richtige Härte hatte. Sie spielte noch leicht mit seiner Eichel, bis er steinhart war. Dann setzte sie sich über ihn, hielt seinen Schwengel und setzte sich auf sein bestes Stück. Ihre Muschi war schon längst feucht wie ein Regenwald. Als sein Schwanz in ihrem Liebestunnel war, stöhnte sie laut auf. Zuerst bewegte sie sich nur langsam auf und ab, dann wurden ihre Bewegungen schneller, wie eine Reiterin, die einen neuen Hengst einritt. Ihre Bewegungen wurden immer schneller, während seine Hände an ihren Brustwarzen zwirbelten. Ihre Warzen standen prall und fest wie ein winziger Minischwanz. Dann ritt sie wie auf einem Rodeo, wo es zu gewinnen galt. Ihr Atem wurde schneller und sie zuckte wie unter Stromstößen, als auch sein Schwanz seine Ladung entlud. Sie blieb noch auf ihm sitzen, bis das wohlige Gefühl nachließ. Dann ging sie von ihm runter, legte sich seitwärts an seine starke Brust und krraulte seine Haare, während das Sperma aus ihrer Scheide lief.

Sie sahen sich minutenlang an und streichelten sich zart, bis sie zu ihm sagte: „Mein lieber ehemaliger Kommissar, ich glaube, ich hab mich verliebt in dich."

Für ihn war das eine neue Situation. Seit dem Tod seiner Frau war sie die Erste, mit der er wieder schlief.

Der Sex war für ihn ein Erlebnis, aber konnte er seine Gefühle auch wieder in eine neue Frau investieren? Meinte sie es ehrlich?

„Ich glaube, ich liebe dich auch", sagte er und sah sie an.

Sie lagen noch eine halbe Stunde nebeneinander und liebten sich ein zweites Mal. Irgendwann, als die Sonne rot hinter den Bergen unterging, zogen sie sich an und fuhren nach Bad Aibling zurück.

16. Kapitel

Langsam erwachte Tina aus ihrer Ohnmacht. Als sie die Augen aufschlug, sah sie zuerst an ihrem Körper herunter. Sie lag auf dem Bett, wo sie vergewaltigt wurde. „Mein Gott, was haben sie mit mir gemacht", murmelte sie vor hin und griff sich zwischen ihre Beine. Sie spürte noch Spermareste, als sie in ihre Scheide langte. Sie tastete die Innenwände ihrer Vagina ab und zog ihre Finger wieder vor die Augen. Sie sah Blutspuren an ihrem Zeigefinger. Der Typ hatte sie innen verletzt. Das ekelhafte Schwein hatte kein

Kondom benutzt und bohrte sich mit seinem Riesenteil ohne Hemmungen in ihre trockene Scheide rein. Unvorstellbar, wenn sie auch noch schwanger werden würde. Der Gedanke daran raubte ihr fast den Verstand. Sie stand auf und merkte, wie es ihr wieder schwindlig wurde. Kam das von dem Rauschgift, das man ihr spritzte? Als sie zum Waschbecken lief, bemerkte sie erst, wie höllisch ihre Scheide brannte. Sie nahm einen Waschlappen und wusch sich ihren Unterleib. Dann stieg sie in die Dusche und stellte das Wasser lauwarm. Sie musste sich festhalten, dass sie nicht umkippte. Als sie die Brause über ihre Haare spritzte, merkte sie das klebrige Sperma, das in ihren Haaren klebte. Auf der Ablage ihres Waschbeckens lag ein kleiner Zettel. „Rasier dir die Achsel und die Möse, sonst machen wir es!", stand darauf. Daneben ein elektrischer Rasierer mit Schaumdose. Sie schnitt zuerst mit einer kleinen Schere ihren großen Büschel Schamhaare weg und rasierte sich dann den Rest des Schambereichs glatt. Dann entfernte sie ihre Achselhaare. Wer weiß, was sie mit ihr machen würden, wenn sie es nicht tat. Der Gedanke daran versetzte sie wieder in Panik. Sie musste auf jeden Fall versuchen, einigermaßen klaren Kopf zu behalten. Irgendwann ergab sich bestimmt die Gelegenheit zu einer Flucht. Sie begann wieder leicht zu zittern, waren das erneut diese Entzugserscheinungen der Drogen? Auf einmal hörte sie wieder ein Geräusch, jemand näherte sich mit hastigen Schritten der Tür. Sie zog sich schnell wieder ein großes T-Shirt über und ihren Slip an, da drehte sich schon die Türklinke. Kamen wieder diese ekelhaften Kerle? Als die Tür sich öffnete, standen zwei junge Frauen im Raum! Sie starrten sie an und blieben dann vor der schwarzen Ledercouch stehen.

„Hallo, ich bin die Jana", sagte die Größere von beiden. Sie hatte lange blonde Haare und war fast eins achtzig mit sehr schlanker Statur. Bestimmt noch keine fünfundzwanzig. Die andere war dunkelbraun, eins siebzig, höchstens zwanzig.

Beide hätten bestimmt große Siegeschancen bei „Germanys next Topmodel" gehabt, falls sie Deutsche waren.

„Das hier ist Elena. Wir beide werden auf dich aufpassen und einweisen."

„In was?" Sie wusste wofür, fragte aber trotzdem.

„In deine neue Arbeit. Außerdem wirst du lernen müssen, wie du dir eine Spritze setzt."

„Waren diese Dreckschweine eure Zuhälter?"

„Nein, sie sind hier nur Türsteher und unsere Bodyguards. Aber wenn die Mädchen hier unartig sind, können sie auch mal ein bisschen grob werden."

Tina setzte sich auf den Stuhl und sah beide

misstrauisch an.

„Warum hat man mich entführt? Es gibt tausende von anderen."

„Das entscheidet Pascal, er ist hier für den Nachschub zuständig. Also, im weitesten Sinne der Kopfgeldjäger für Frischfleisch."

„Bist du Deutsche?"

„Ja, teilweise, meine Mutter ist Tschechin, mein Vater aus Berlin. Aber das ist nicht wichtig, sondern dass wir uns auch abseits der Sprache verstehen."

„Wie meinst du das?"

„Elena und ich sind hier freiwillig. Wir haben uns vor einigen Jahren hier mit den Gegebenheiten arrangiert. Das soll heißen, wir betreuen die anderen Mädels und wenn sie sich nicht fügen, müssen wir leider auch grob werden."

Ihr lächelndes Gesicht wurde härter. Tina nahm ihr sofort ab, dass sie „über Leichen ging."

„Wie lang muss ich hier bleiben? Was ist das für eine Stadt?"

„Die Dauer hängt von dir ab. Diese wunderschöne Stadt ist Prag. Wenn du aus dem Fenster siehst, merkst du, dass der Club hier in der Altstadt liegt. Die Riesenbrücke, die du unten sehen kannst, ist die Karlsbrücke. So viel zur Geografie."

„Warum Prag?"

„Prag ist eine internationale Stadt und wird von zigtausenden von Gästen jedes Jahr besucht. Und um deine nächste Frage zu beantworten: Hier sind nicht nur Mädchen und Frauen aus Osteuropa begehrt, sondern auch Deutsche. Darum du! Du bist schlank, groß, siehst gut aus und hast Mords-Titten. Das bringt dich in der Hitliste hier ganz weit nach vorn. Und deshalb Tina, versuch dich hier wohlzufühlen, es bleibt dir keine andere Möglichkeit."

„Woher kennt ihr meinen Namen?"

„Natürlich von Pascal, der klärt alle hier auf, von woher die Mädels kommen, was sie arbeiten und so weiter."

„Was ist, wenn ich mich weigere?"

„Dann passiert mit dir das Gleiche wie anderen Ungehorsamen. Sie werden zuerst mehrfach vergewaltigt, geschlagen und dann in den Keller gesperrt, zu den Ratten. Und dann, wenn sie krepieren oder sich selbst umgebracht haben, schmeißt man sie in den See zu den Fischen. Manchmal hier in die Moldau, gelegentlich auch mal in einen der vielen Seen in Bayern. Dein Pech war halt, dass du zur falschen Zeit am falschen Ort warst, als Pascal dich entdeckt hat."

„Mir ist schon wieder schlecht, kommt das von den

Drogen?"

„Ja, die Wirkung lässt meistens nach vierundzwanzig Stunden wieder nach. Und wenn du dich weigerst hier mitzumachen, werden dein Geist und dein Körper langsam vor sich hin vegetieren. Das sind dann die, die hier bei den Ratten enden."

Tina konnte nicht glauben, was sie hier alles zu hören bekam. War diese Jana schon so kaltblütig und seelenlos.

„Wissen deine Eltern, dass du hier bist?", fragte sie Jana.

„Meine Mutter ja, mein Vater ist abgehauen, als ich noch ein Kind war. Zu dem Arsch habe ich keinen Kontakt mehr, der hat auch meine Mutter geschlagen."

„Aber das tut jetzt nichts zur Sache. Mir geht's gut, ich verdiene so viel wie nie zuvor und fühl mich hier wohl. Auch wenn du das vielleicht bezweifelst."

„Wie lange muss ich hier bleiben?"

„Hängt von dir ab, meine Süße. Wenn du artig bist und mit Spaß an der Freud mitmachst, circa ein halbes Jahr."

„Und dann?"

„Dann willst du bestimmt nicht mehr gehen."

„Das glaubt ihr wohl selbst nicht. Wenn ich nicht mehr interessant bin, bringt ihr mich um."

„Jetzt denk nicht so negativ, Mäuschen. Elena macht mit dir eine Einweisung, dann legst du morgen Abend hier los. Zuerst bist du an der Bar unten. Wenn du einem Freier oder Gast gefällst, gehst du mit ihm in das Separee. Jeden musst du nicht nehmen. Aber wenn du alle ablehnst, gibt's Probleme. Dann kommen Tomas und Iwan, die zwei netten Herren, die sich schon so liebevoll um dich gekümmert haben. Und dann wirst du erkennen, dass das gestern nur ein Vorspiel war. Dann wird dich Iwan mit seinem Prügel in den Arsch ficken, das willst du dir hoffentlich nicht antun."

Tina sah beide ängstlich an. Wenn das stimmte, war das hier die Hölle. Ihr blieb vorerst nichts anderes übrig als „mitzuspielen".

„Hast du deinen Urwald zwischen den Beinen abrasiert?", fragte sie Jana.

„Ja, vorhin."

„Dein Glück, sonst hätte es der Iwan gemacht. Und bei ihm mangelt es hier und da an Feinfühligkeit."

Nein, das brauchte sie wirklich nicht. Morgen Abend musste sie prüfen, welche Fluchtmöglichkeiten für sie vorhanden waren.

„Und probier mal schon aus, welches Outfit dir passt. Du nimmst am besten was Transparentes, wo deine Möpse schön zu sehen sind."

Tina begann stark zu zittern, Brechreiz ergriff sie. Jana sah das und meinte eiskalt: „So, Mäuschen, jetzt zeig ich dir, wie du eine Spritze setzt. Schließlich musst du morgen topfit sein."

17. Kapitel

Um halb zwölf am Sonntagmittag trafen Jenny Bierbichler und ihr Freund Alex beim Hotel Kindl in Bad Aibling ein. Entgegen den Wetterprognosen war das Wetter nicht so schön wie die Tage zuvor. Der Himmel war grau und wolkenverhangen bei fünfzehn Grad. Jenny interessierte sich am meisten für die neue Liebschaft ihres Vaters. Im Foyer in der Nähe der Rezeption warteten sie auf die zwei. Dann sah Jenny die dunkelhaarige Frau. Sie sah schön und elegant aus wie ein Model, als sie an der Tür stehen blieb und der Duft ihres Sabatini-Parfums in das Foyer hereinbrachte. Ihr Make-up war perfekt, die Haare peppig gestylt. Ihre Augen waren groß und dunkel, mit langen Wimpern, die Nase gerade, das kleine Kinn markant. Ihre Figur und ihr Gesicht waren wirklich beeindruckend. Jennys Instinkt sagte ihr, dass sich hinter diesem exquisiten Äußeren ein unergründlicher Charakter verbarg.

„Hallo, ich bin Jenny", sagte sie nur, als die attraktive Mittvierzigerin auf sie zuging und ihr die Hand reichte.

„Helena, sehr angenehm. Ich hab dich schon auf einigen Fotos auf dem Bildschirm seines Handys gesehen." Dann begrüßte sie Alex. Bierbichler fiel seiner Tochter gleich um den Hals und gab ihr einen kräftigen Schmatz.

„Ich würde vorschlagen, wir fahren nach Salzburg. Nur wenn die Sonne noch rauskommen sollte, machen wir auf der Rückfahrt einen Abstecher zum Chiemsee", meinte Bierbichler.

„Da hätten wir nichts dagegen, Salzburg oder Chiemsee, hauptsächlich Österreich", meinte Alex ironisch und alle lachten.

„Dein Audi A8 hat mehr Platz als der Golf von Helena. Fahren wir bei euch mit, Alex", sagte Bierbichler.

Sie stiegen in das Auto von Alex und fuhren auf der stark befahrenen Autobahn Richtung Salzburg. Auf Höhe von Prien am Chiemsee staute sich dann zähflüssig der Verkehr. Wie so oft hatte es hier einen

Unfall gegeben. Mehrere Fahrzeuge waren ineinander verkeilt, ein Rettungshubschrauber landete auf der grünen Wiese unweit der Leitplanke. Bierbichler wurde unwillkürlich an ihren Unfall erinnert, von dem Fahrer fehlte nach wie vor jede Spur. Um vierzehn Uhr überquerten sie die Grenze bei Bad Reichenhall und waren wenige Minuten später im achtzig Kilometer entfernten Salzburg angekommen.

Sie fuhren in die Nähe der Altstadt, um dort einen Parkplatz zu finden. Beim Augustinerkloster wurden sie fündig und stellten das Fahrzeug ab.

„Ich kenne einen tollen Aussichtspunkt in der Nähe von der Festung Hohensalzburg", sagte Bierbichler, der zuletzt vor fünfundzwanzig Jahren in der bezaubernden Stadt war.

„Und nach der Einkehr können wir ja die Innenstadt besichtigen."

Sie nahmen eine Jacke und Regenschirme mit, da der Himmel bedrohlich dunkel wurde. Vom Parkplatz am Kloster liefen sie Richtung Festung und kamen über einen leichten Wanderpfad zu einer Anhöhe, die den Blick auf die darunterliegende Stadt freigab. Dreihundert Meter vor der riesigen Festung sahen sie ein Schild Richtung Stadtalm, dem sie folgten. Zehn Minuten später waren sie an einem der schönsten Aussichtspunkte der Stadt angekommen. Auf der Anhöhe der Stadtalm war ein großer Biergarten, umgeben von einem Mauerwerk, das einen Blick auf einen großen Teil der Stadt, die gigantische Festung und der Berge freigab.

„Tolle Aussicht, sollte nur noch sonnig werden würden", seufzte Jenny leicht betrübt.

Dann setzten sie sich an einen großen Tisch des Biergartens und bestellten zwei Wurstsalate und vier Radler. Bierbichler und Helena verzichteten auf ein Essen, da sie beide während ihres Aufenthaltes abspecken wollten. Bei Helena konnte das junge Pärchen das eigentlich nicht mehr nachvollziehen, da sie in ihren Augen Idealmaße hatte. Nach der Einkehr liefen sie zur Altstadt runter. Um halb vier kämpfte sich langsam die Sonne gegen das graue Wolkenmeer durch. Da Bierbichler mit Helena eine Stadtrundfahrt machen wollte, trennten sie sich und machten für den Mozartplatz um siebzehn Uhr einen späteren Treffpunkt aus. Die beiden wollten keine Rundfahrt mit dem Bus machen, sondern mit einem Radgespann.

„Auf einem was?", fragte Jenny völlig verdutzt, als ihr die beiden die Idee im Vorfeld präsentierten.

„Das ist so was Ähnliches wie in Asien die Rikscha, nur dass die Gäste vor dem Fahrer sitzen, nicht dahinter", klärte Bierbichler sie auf. Dann liefen sie zur Staatsbrücke beim Rathaus, unweit des Innufers. Dort warteten schon zwei junge, fitte Burschen auf Laufkundschaft. Sie suchten einen aus, der kaum über zwanzig war und stiegen bei ihm ein. Der junge Bursche musste eine gut durchtrainierte Beinmuskulatur haben, zusammen wogen sie in Kleidung knapp über hundertfünfzig Kilo. Hinter sich hörten sie den Fahrer keuchen, als er langsam losstrampelte. Ein Hauch von Sonne hatte sich durchgesetzt, als der Fahrer den Mozartsteg überquerte und über die Salzach fuhr. An der Linzergasse vorbei, sahen sie viele der barocken, historischen Sehenswürdigkeiten. Sich an den Händen streichelnd, lauschten sie dem Fahrer, als er zu den einzelnen Gebäuden die historische Geschichte erzählte, obwohl sie aufgrund des Fahrtwindes und der vielen Nebengeräusche vielleicht nur die Hälfte verstanden. Als sie am Schloss Mirabell, dem Barockmuseum, Landestheater und Mozarts früherem Wohnhaus, vorbeifuhren, kehrten sie nach knapp einer Stunde beim Ausgangspunkt wieder zurück. Als der nassgeschwitzte Fahrer ihnen aus den Sitzen hochhelfen wollte, wurden sie alle Zeugen eines makaberen Geschehens.

18. Kapitel

Zur fast gleichen Zeit spazierten Alex und Jenny vom Domplatz aus Richtung Festspielhäuser. Anscheinend waren bei dem Wetter zigtausend anderer Touristen auf die gleiche gute Idee gekommen, anders ließen sich die enorm vielen Menschenmassen, die unterwegs waren, nicht erklären. Alle Nationalitäten waren zu entdecken, als sie die vermutlich beliebteste Gasse Salzburgs durchliefen. In der Getreidegasse kamen sie sich vor wie an einem sonnigen Tag in München, wenn die „Wiesn", das alljährliche Oktoberfest, begann. Mütter mit Kinderwagen hatten Probleme vorwärts zu kommen, Hundebesitzer vermutlich Angst, dass ihre Lieblinge nicht zertreten werden.

„Alex, mir reicht's langsam", meinte Jenny ziemlich genervt, als sie wieder mal von jemand gerempelt wurde.

„Lass uns lieber wo sitzen und einen Kaffee trinken."

„Ich hol mir noch hier in dem Geschäft ein paar Mozartkugeln", antwortete Alex und deutete auf ein Geschäft, das Souvenirs verkaufte. „Schließlich brauche ich ja ein Andenken von der Stadt für meine Mutter, auch wenn es wieder schnell verspeist wird."

Gemeinsam betraten sie den Laden und sahen sich um. Das meiste, das sie sahen, war der maßlos überteuerte Ramsch, der am liebsten zu astronomischen Preisen an die häufig naiven Touristenhorden verhökert wird. Trotzdem nahm Alex zwei große Beutel mit je dreihundert Gramm von den beliebten Süßigkeiten mit. Danach schlenderten sie weiter zwischen Rathaus und Universitätsplatz und nahmen Ziel auf eines der vielen Cafés. Am Mozartplatz, wo die große Statue des Amadeus stand, nahmen sie Platz an einem gegenüberliegenden Café. Die Hälfte der knapp neunzig Terrassenplätze war frei, obwohl die Sonne immer mehr zum Vorschein kam.

„Ich sende Papa eine SMS, wo wir sitzen", sagte Jenny und holte ihr Smartphone aus der Jacke. Dann bestellten sie beide Cappuccino mit Sachertorte und beobachteten, wie unentwegt die Figur von Wolfgang Amadeus Mozart „unter Beschuss" genommen wurde. Vermutlich war es das beliebteste Fotomotiv der Stadt. Als sie genüsslich an ihrer Torte aßen, schaute Alex auf einmal längere Zeit auf ein Pärchen, dass vier Tische von ihnen entfernt saß.

„Was ist?", fragte Jenny, der das auffiel. „Hast du eine ehemalige Verflossene entdeckt?"

„Nein, aber einen ehemaligen Studienkollegen von Nürnberg."

„Wer? Der Typ mit Schirmmütze, der Matrix-

Sonnenbrille und der Blondine im Schlepptau?"

„Genau der."

Gemeinsam sahen sie hin und musterten ein attraktives Paar. Er, anscheinend sehr groß, südländisch wirkender Typ mit rassiger Blondine, die durchaus als Helene Fischers jüngere Schwester durchgehen konnte. Sie trug ein rotes Kleid, das mit Müh und Not ihre große Oberweite bändigen konnte. Dazu Pumps mit fast zehn Zentimeter hohen Absätzen.

„Also, so einen Spaziergang wie wir haben die sicherlich nicht gemacht, bei den mörderischen Absätzen, die die Tussi trägt", stellte Jenny fest.

„Ja, da geb ich dir recht."

„Wohnt er hier?"

„Glaub ich kaum", antwortete er. „Damals hatte er ein kleines Zimmer in Nürnberg. Aber er hat das Studium nicht durchgezogen und nach dem fünften Semester abgebrochen. Keine Ahnung warum."

Als der Typ sich eine Zigarette anzündete, sah er in ihre Richtung, dann hatte er Alex wohl entdeckt. Er stand auf und steuerte zielstrebig ihren Tisch an. Als er vor ihrem Tisch stand, grinste er und meinte: „Na, wenn das nicht der Alex Bittl ist, will ich auf der Stelle Wolfgang Amadeus heißen!"

„Hey, Kolli, die Namensänderung bleibt dir erspart.

Wie geht's? Was machst du in Salzburg? Urlaub?"

„Vermutlich das Gleiche wie ihr beide. Ausflug, Bummeln, Mozartkugeln und Sachertorte essen."

Dann gab er Jenny die Hand und grinste sie an.

„Das ist meine Freundin, ich hab ihr schon erzählt, dass wir mal gemeinsam studiert haben, bis du die Lust verloren hast."

„Na ja", sagte er und deutete mit seinem Kinn auf die Blondine, die teilnahmslos schaute. „Ich hab meine Lust mehr auf anderen Bereichen entdeckt."

Jenny verkniff sich die Feststellung, dass die Blondine alles andere als glücklich wirkte.

„Aber Spaß beiseite", erzählte Kolli weiter. „Ich bin in dem Geschäft von meinem Vater eingestiegen. Er ist Unternehmer und hat sich hier auch beim Mozartpark beteiligt. Deshalb werden wir morgen mal vorbeischauen, wie weit die Bauarbeiten vorangekommen sind. Wir werden im Esplanade übernachten und fahren morgen Nachmittag wieder heim."

„Wo wohnst du jetzt?"

„Ich hab zwei Wohnsitze. Der erste in Frankfurt und der zweite ab Dezember auf Teneriffa, da ist mir in Deutschland zu kalt."

Dann sah Jenny ihren Vater und Helena, die knapp

siebzig Meter entfernt standen und sich suchend nach den beiden umsahen.

„Hallo, Paps!", schrie sie und ruderte mit beiden Armen.

„Okay, Alex, hat mich gefreut, dass wir uns wieder mal gesehen haben. Ich muss zu meiner Schnecke wieder an den Tisch, sonst langweilt sie sich."

Das tut sie auch mit dir, dachte Jenny und war froh, dass der Angeber sich wieder verdrückte. Er gab beiden noch kurz die Hand und verschwand, bevor ihr Vater und Helena am Tisch waren.

19. Kapitel

Als die einstündige Fahrt mit der Radkutsche zu Ende war, sahen alle drei, dass an der Salzach ein Rettungsboot unterwegs war. Am Ufer standen auch noch fünf Polizisten, die die Aufmerksamkeit der Schaulustigen hervorriefen. Bierbichler holte an einem Eisstand für sich und Helena vier Kugeln Eis in der Waffel, dann schlenderten sie näher ans Ufer. Dann sahen sie das, das er eigentlich nicht mehr sehen wollte. Aus dem eiskalten Fluss fischten die fünf Polizisten mit Hilfe der Wasserwachtpolizei einen kleinen leblosen Körper! Helena und er starrten gebannt auf die Leiche.

Es ist teuflisch, dachte sich der Exkommissar. Überall, wo ich bin, gibt's irgendwo in der Nähe eines Gewässers eine Leiche. Als ob ich die anziehe?

„Scheint eine Frau zu sein", sagte Helena mit bestürztem Blick.

Ja, es sah so aus, als handelte es sich um einen weiblichen Körper, das konnte man auch aus der Entfernung sehen. Der Radfahrer, der sie noch vor wenigen Minuten durch die Stadt fuhr, gesellte sich zu ihnen. Aufgrund des Vorfalles wollten die Touristen und Schaulustigen anscheinend lieber die Leiche sehen als die Stadt besichtigen.

„Das ist schon die dritte Leiche, die sie seit Juli hier rausziehen", sagte der Junge.

„Und immer eine Frau?", fragte Bierbichler und sein Blutdruck stieg wieder auf bedenkliche Höhen.

„Ja, immer sehr junge Frauen, die anscheinend niemand vermisst. In der Zeitung stand, dass die Frauen gar nicht aus der Region stammen können, keiner hat sie hier gekannt."

„Vielleicht Selbstmorde?", meinte Helena.

Dem widersprach der Junge: „Warum sollte jemand hierher nach Salzburg fahren, um sich umzubringen? Das kann ich doch daheim auch, oder?"

Der junge Mann hatte recht. Das war schon äußerst merkwürdig und mysteriös. Vor allem stand davon nichts in einer deutschen Zeitung. Anscheinend war das hier nur ein Regionalthema bei den Österreichern.

„Komm, lass uns zu Jenny und Alex gehen", sagte Bierbichler, als er die SMS von Jenny gelesen hatte. „Sie sind in einem Café am Mozartplatz."

Nachdenklich spazierten sie Hand in Hand durch die Gassen zum Mozartplatz. Sie blieben kurz stehen, um sich nach den beiden umzusehen, als sie an dem stark belebten Platz standen. Dann hörte Bierbichler, wie seine Tochter nach ihnen rief und mit den Armen ruderte.

„Komm, da vorn sitzen sie", sagte er zu Helena und sie sahen einen großen jungen Mann, der vor den beiden stand. Zwanzig Meter, bevor sie am Tisch waren, ging der Mann zu einer rassigen Blondine an den Tisch.

„Na, ihr beiden, wie war die Stadtrundfahrt?", fragte Alex.

„Wunderbar, eine traumhaft schöne Stadt", meinte Helena und sie setzten sich zu den beiden.

„Hast du einen Bekannten getroffen, Alex?", fragte Bierbichler und sah ihn prüfend an.

„Ein ehemaliger Studienkollege. Er treibt sich hier anscheinend deshalb herum, weil sein stinkreicher Vater in den Europapark investiert hat. Das ist ein großes Einkaufs- und Erlebniscenter hier, drei Kilometer vor Salzburg. Hab ihn jetzt seit fünf Jahren nicht mehr gesehen und ausgerechnet hier trifft man sich. Wie klein doch die Welt ist."

Sie redeten noch über Gott und die Welt sowie die ganzen Unternehmungen, die sie noch bis zum Ende ihres Aufenthaltes vorhatten. Nur eines wollte Sepp Bierbichler tunlichst vermeiden, und Gott sei Dank hatte das auch Helena begriffen:

Die Entdeckung der Leiche sowie die gefundenen Frauen hier bei der Salzach wollten sie nicht thematisieren, sonst wäre die gute Stimmung bei ihnen vermutlich zu Ende gewesen. Seine Tochter Jenny hatte erst vor wenigen Tagen ihre Sitzungen bei einer Psychologin beendet, um ihr grausames Erlebnis am Schrecksee besser verarbeiten zu können. Er durfte es nicht riskieren, dass sie wieder daran erinnert wurde.

Gegen neunzehn Uhr dreißig fuhren sie auf der Rückfahrt bei einem Italiener in Prien am Chiemsee vorbei und aßen noch gemeinsam zu Abend. Bestens gelaunt fuhren sie zwei Stunden später nach Bad Aibling zurück. Die gute Laune sollte leider nicht lange andauern.

20. Kapitel

Prag, sechs Tage später. Samstagnachmittag.

Tina ging es beschissen. Die Wirkung der Droge ließ langsam nach und sie spürte den geplagten Körper, der nach „Nachschub" verlangte. Sie hatte leichtes Fieber, spürte, wie sie zitterte und ihre Gedanken wild durcheinandergerieten. Dazu überfielen sie immer wieder epileptische Anfälle. Jana hatte ihr gezeigt, wie man eine Spritze setzt und sie machte es mit zittrigen Händen. Sie band sich ab und jagte sich die Flüssigkeit in eine Vene unterhalb der Armbeuge. Ein „klassischer" Platz für viele Fixer. Jana hatte ihr erklärt, dass sie heute im Animierlokal unten arbeiten müsste, ab acht Uhr. In den letzten Tagen hatte sie sich an die Gegebenheiten hier einigermaßen gewöhnt. Sie hatte zweimal im Lokal unten gearbeitet und dreimal nachmittags auf ihrem Zimmer Freier empfangen. An zwei Vormittagen bekam sie von Claudine einen „Massagekurs", da einige Gäste nur massiert werden wollten. Nach wie vor war ihr Zimmer immer abgesperrt, das Telefon auf ihrem Zimmer funktionierte nur im Haus. Sie hörte Schritte auf dem Gang, jemand näherte sich der Tür. Bekam sie Besuch eines Freiers? Die Tür wurde von außen aufgesperrt, drei Männer traten ein. Ihre Spritze zeigte Wirkung, ihr ging es wieder deutlich besser. Iwan und Tomas traten ein, der dritte Mann war ein leicht untersetzter Mittvierziger. Er hatte rotbraunes Haar und war höchstens eins siebzig. Tina trug braune Hot Pants und ein schulterfreies rotes Top.

„Das hier ist Peter", begann Iwan. „Er ist aus Bayern und Stammkunde seit einigen Jahren. Er kommt alle vierzehn Tage und möchte nur deutsche Frauen. Mit großen Möpsen und rasierter Muschi. Er möchte auch meistens nur streicheln und massiert werden. Jetzt kannst du deine neu erworbenen Massagekenntnisse testen an ihm. Nur eine Stunde. Wenn er zufrieden ist, bekommst du morgen einen Tag frei und kannst mit Elena mal in die Stadt gehen. Also, besorg's ihm schön."

Dann verließen beide wieder das Zimmer und der kleine Peter stand da wie ein begossener, schüchterner Pudel. Das passte zu seiner Frage:

„Darf ich mich ausziehen?"

„Klar, keine Hemmungen. Wenn du willst, kannst du auch mich ausziehen?"

Das ließ er sich nicht zweimal sagen, entledigte sich seiner Klamotten und stand dann nackt vor ihr. Er war eine Stirnlänge kleiner als sie und sein schütteres Haar reichte ihr bis zur Nase. Sein kleiner dicker Pimmel stand leicht nach oben, weil er zum Hängen zu kurz war. Umrahmt war er von feuerrotem Schamhaar.

„Du bist sehr schön", sagte er mit feuchten Augen.

Dann zog er ihr das Top aus und ihre großen, leicht hängenden Brüste schaukelten vor ihm.

„Herrlich", meinte er nur und saugte gierig daran, als bekäme er Muttermilch.

Dann legte er sich auf die breite Ledercouch und bat um die Massage. Tina breitete eine Folie und Laken über die Couch aus und er legte sich freudig erregt darauf. „Darf ich an deinen Glocken spielen, wenn du mich vorne massierst?"

Sie nickte nur und schmierte ihn mit Massageöl ein. Dann begann sie auf seinen Wunsch hin, ihn „von vorn" zu massieren. Sie sah, dass er hochgradig erregt war. Tina massierte zuerst seine Stirn, seine Brust und dann seinen schwabbligen Bauch. Zum Schluss nahm sie sich seines Pimmels an. Nur wenige Sekunden, nachdem sie ihn ein bisschen kraulte und seine Vorhaut rauf und runter schob, kam er. Sein kurzes, dickes „Etwas" spritzte, als ob er sich seine Ladung schon Wochen aufgehoben hätte. Sie brachte sich aus der Schusslinie und sah zum Fenster, wie sich die Wolken lichteten. Dann reichte sie ihm ein paar Papiertücher zum Sauberwischen. Zehn Minuten später, als er sich wieder beruhigt hatte, begann sie mit dem Rücken. Ihre sanften Hände kneteten ihn durch, bis er sich wie eine Katze wand. Auf seinen Wunsch hin schob sie ihm zum Schluss zwei Finger in seinen After und brachte ihn anscheinend zum zweiten Orgasmus. Jetzt verstand sie, warum manche Männer auch unbedingt hinten was „rein wollten".

„Zufrieden?", fragte sie ihn, als die Stunde vorbei war.

„Ja, du bist spitze, Tina!", sagte er beim Anziehen.

Wenn nur alle Typen so schnell zufriedenzustellen wären, dachte sie, als er das Zimmer verließ. Sie wollte noch etwas schlafen, bevor um acht der anstrengende Nachtdienst begann. Morgen, an ihrem freien Tag, so hoffte sie, würde sich eine Fluchtmöglichkeit auftun, wenn sie sich in Prag bewegte.

21. Kapitel

Zwei Tage zuvor, Donnerstagvormittag zehn Uhr.

Sepp Bierbichler lag im Hotelpool nach soeben absolvierter Wassergymnastik. Er las im hiesigen Wochenblatt auf der Poolliege, was sich Neues in der Region tat. Dabei fiel ihm auch ein Artikel über den Europapark auf, der seine Neueröffnung am vierzehnten Oktober groß ankündigte. Es gab anscheinend nicht nur die üblichen Discounter, sondern auch Disco, Kino, Nightclub und eine Spielhalle, wo überall noch Personal gesucht wurde. Auf der nächsten Seite las er einen Artikel über einen Badeunfall am Chiemsee, als beim Rudern ein kleines Kind in den See stürzte und von seinem Vater kurz vor dem Ertrinken gerettet wurde. Seine größte Aufmerksamkeit fand ein Artikel mit der fetten Überschrift „Krieg im Rotlichtmilieu", der sich in anscheinend in Rosenheim abspielte. Dort las er, dass es zu einer Schießerei zwischen einer deutschen und einer rivalisierenden Gang aus Osteuropa kam, die den Drogenmarkt auch im beschaulichen Chiemgau für sich „erobern" will. Das erinnerte ihn an Strukturen im Allgäu, wo die italienische Mafia schon seit Jahrzehnten ihr Netz aufgebaut hatte. Auch von der

Kripo aus bekam er öfter mit, was sich im kleinen Allgäu dort so alles abspielt. Die Mafia war stärker präsent, als viele glaubten, und die Hintermänner waren schwer zu fassen. Die nächsten Stunden vertrödelte er im Hotel und sah sich fünfhundert Meter entfernt das Schwimmbad von Bad Aibling an, das auch im Ortsteil Harthausen lag. Um sechzehn Uhr hatte er sich mit Helena in der Wendelsteinklinik verabredet, wenn sie mit ihren Anwendungen fertig war. Von den beiden Männern, die gesucht wurden, von den Vorfällen war nach wie vor keine heiße Spur vorhanden. Kurz vor vier schlenderte er gemütlich zur circa zweihundert Meter entfernten Klinik. Da Helena noch nicht fertig war um vier, sah er sich im Foyer in der Nähe der Rezeption ein bisschen um. Da fiel ihm auf, dass an einer der runden Säulen, wo die Veranstaltungstipps hingen, ein Plakat von Tina Probst angebracht war: „VERMISST! WER HAT DIESE FRAU GESEHEN? Belohnung für sachdienliche Hinweise bis zu dreitausend Euro." Ein großes Porträtbild und eine Telefonnummer der Klinik standen mit auf dem DIN-A3-Plakat. Da kam flotten Schrittes Helena ums Eck und küsste ihn.

„Schau mal, hast du das Plakat schon gesehen?", fragte er sie.

„Ist mir auch erst heute Mittag aufgefallen, das haben die Kollegen von Tina in eigener Regie gemacht, auf

Initiative ihrer Schwester und der Eltern. Ob es was bringt, wird sich zeigen. Die Klinikpatienten bewegen sich ja auch vorwiegend nur im Raum Bad Aibling. Aber besser als nichts tun. Und von der Polizei kommt ja gar nichts. Wer weiß, ob die das nicht schon aufgegeben haben."

„Wäre ja sehr traurig, wenn's so wär. Dann sollte aber der Polizeichef schnellstens entlassen werden."

„Vielleicht sollte sogar ein Phantombild des Entführers auch aufgehängt werden?", meinte Helena. „Aber es gibt ja keines, die Polizei hat sich mit deinen Bildern zufriedengegeben. Erstaunlich, dass dich keiner wegen einer Zeichnung gefragt hat."

Bierbichler gab ihr recht und dann spazierten sie Richtung Altstadt von Bad Aibling, wo ein kleines Marktfest am Stadtbach stattfand. Das Wetter war sonnig mit leichten Schleierwolken, es hatte noch angenehme Temperaturen um die einundzwanzig Grad. Sie suchten sich ein schattiges Plätzchen im Pippione, einer Pizzeria in unmittelbarer Nähe vom Stadtbach. Die Hälfte der Plätze war leer, es war auch erst gegen siebzehn Uhr, wo viele erst ihre Arbeit beendeten und lieber erst am frühen oder späten Abend kamen. Und die Anzahl der Touristen war gering, weil die Sommerferien vor vierzehn Tagen geendet hatten. Als sie ihre Kaffees bestellten, entdeckte Helena eine der Masseurinnen aus ihrer

Klinik. Sie winkte und grüßte, sodass die junge Dame wenig später an ihrem Tisch erschien.

„Hallo, Helena, auch noch den schönen Abend genießen", sagte sie, reichte auch Bierbichler die Hand und stellte sich als Jessica vor.

„Ja, ich muss mich von den Strapazen der vielen Anwendungen in der Klinik erholen", antwortete Helena süffisant. „Setz dich doch zu uns Jessica, bist du alleine hier?"

„Ich wollte noch ein bisschen die Sonnenstrahlen genießen, bevor ich meine Arbeit im Fitnessstudio beginne."

„Du arbeitest noch im Fitnessstudio, ist das denn in der Klinik nicht schon genug?"

„Ich arbeite in der Rehaklinik nur achtundzwanzig Stunden wöchentlich, da springt kein größerer Urlaub dabei heraus. Ohne Nebenjob könnte ich mir kaum was leisten. Außerdem macht es mir im Studio Spaß und ich treffe nette Leute."

Sie holte ihr Mineralwasser und setzte sich zu den beiden.

„Aber ich finde es prima, dass ich euch hier treffe, weil ich Sie, Herr Bierbichler, was Spezielles fragen wollte."

„So, was denn?", fragte er überrascht.

Helena schaltete sich ein: „Sepp, nicht sauer sein, ich

habe der Jessica erzählt, dass du bis vor vier Monaten noch bei der Kripo im Allgäu warst. Und da hat sie mich auch auf deinen letzten heiklen Fall angesprochen, der sie indirekt auch betrifft."

„Inwiefern?"

„Herr Bierbichler, die zweite Frau, die letzten Herbst am Schrecksee verschwand, ist meine Cousine! Sie und ihr Freund waren in Fischen im Urlaub für ein verlängertes Wochenende. Robert, ihr Freund, wohnt in Miesbach und arbeitet dort auch mit meinem Freund zusammen in einer Metallfabrik. Und Helena hat mir auch über den Mordversuch berichtet, der auf euch vor einigen Tagen verübt wurde."

Erstmals war Bierbichler sauer auf sie, als er hörte, dass seine Kurbekanntschaft Helena hier so viel plauderte. Aber anscheinend gibt's nicht viele interessante Gesprächsthemen, wenn man auf der Massagebank liegt, dachte er sich.

Als er den Rest hörte, war er allerdings wieder etwas besänftigt.

„Sie erzählte mir", fuhr sie fort, „dass der Polizeichef hier euch verhört hat. Nur hat der Oberberger, der übrigens hier nicht den besten Ruf genießt, euch in einem wichtigen Punkt angelogen."

„Und in welchem?"

„Es gab die letzten fünfzehn Monate sehr wohl Fälle, die auch sehr sonderbar waren. Auch zwei Vermisste und ebenfalls zwei sehr junge Frauen. Eine war sogar erst siebzehn!"

Er konnte es nicht fassen, was ging hier denn ab? Gab es da Verbindungen in all diesen Fällen? Die nächste Aussage von Jessica verstärkte seine Vermutungen.

„Herr Bierbichler, ich habe mich auch mit der Schwester von Tina länger unterhalten, die auch im Fitnessstudio trainiert. Und wir glauben, es wäre sehr gut, wenn Sie hier vielleicht auch als Privatmann recherchieren könnten."

„Das ist extrem schwierig, mir sind hier die Hände gebunden. Ich habe hier wenige Kontakte und zur Polizei im Allgäu kann ich mich schlecht wenden. Die haben ja hier mit der Region nichts zu tun. Das müsste überregional vom Landeskriminalamt verfolgt werden. Das Problem ist bei all diesen Vermisstenfällen, dass die Kripo oder eine Soko meistens erst dann eingreift, wenn es nicht nur Vermisste, sondern auch Tote gibt!"

„Petra, Tinas ältere Schwester, hat einen guten Vorschlag gemacht:

Was würden Sie denn davon halten, wenn Sie Unterstützung hätten, aber nicht von der Polizei hier mit ihrem schlechten Ruf, sondern von einem sehr guten Privatdetektiv?"

„Das wäre vielleicht eine Möglichkeit, mehr zu erreichen", gab er ihr ein positives Signal. „Wo verschwanden denn die anderen beiden Frauen?"

„Eine einundzwanzigjährige Verkäuferin aus Bad Feilnbach, die von einem Marktfest des Ortes nicht mehr heimkam, und das siebzehnjährige Mädchen verschwand nach dem Baden in Gstadt am Chiemsee."

„Also, Jessica, ich werde es mir überlegen und muss noch eine Nacht darüber schlafen. Helena wird Ihnen dann morgen am Nachmittag meine Entscheidung mitteilen."

Dann verabschiedete sich Jessica von den beiden und er und seine Helena verbrachten noch einen ruhigen Abend. Mit der Gemütlichkeit sollte es allerdings bald vorbei sein.

22. Kapitel

Auf neunzehn Uhr hatte Tina ihren Wecker gestellt, als er sie aus dem Schlaf riss. Sie musste sich noch umziehen und ein bisschen schminken, bevor sie ihren Dienst an der Bar antrat. Als sie aus dem Fenster sah, ging die blutrote Sonne hinter dem Horizont unter und die Stadt wurde schlagartig dunkler und wirkte düster. Als sie das Fenster öffnete, schätzte sie die Entfernung ab, wenn sie springen würde. Es waren bestimmt fünfundzwanzig bis dreißig Meter, sie würde sich alle Knochen brechen, wenn sie überhaupt überleben würde. Unten sah Tina ein junges Pärchen vorbeilaufen, auf einmal überkam es sie und dann formten sich ihre Hände zu einem Trichter. Dann brüllte sie: „Help me!"

Das Paar sah nach oben und winkte, sie nahmen sie wohl nicht ernst. Erneut schrie sie, dann wurde die Tür ihres Zimmers aufgerissen. Tomas und Jana stürmten herein. Sie zogen sie vom Fenster weg und dann schmetterte sie Tomas gegen die Wand. Tina prallte hart auf und rutschte zu Boden. Mit einem Fußtritt trat er ihr in die Rippen. Sie brüllte schmerzverzerrt auf und schnappte nach Luft.

Jana sah sie an und meinte: „Ich sagte dir doch, du sollst keinen Unsinn machen. Das Zimmer ist verwanzt und wird überwacht. Tomas verschont dich mit weiteren Schlägen, weil du heute Abend arbeiten musst. Das nächste Mal ‚darfst' du nicht mehr arbeiten, sondern kommst in ein Verlies im Keller. Dort kannst du dich nicht mit Freiern vergnügen, sondern mit Ratten! Also, überleg dir sehr genau, was du tust, wir haben hier schon ganz andere zerbrochen."

23. Kapitel

Freitagnachmittag, Wendelsteinklinik Bad Aibling, vierzehn Uhr.

Helena hatte keine Anwendungen mehr und konnte den Rest des Tages frei nehmen. Weil das Wetter schöner als erwartet war, beschlossen sie und Bierbichler sich einen schönen Tag am Chiemsee zu machen. Sie wollten mit dem Schiff auf die beiden Inseln fahren und sich dort ein wenig vergnügen. Sie hofften, dass nicht so viele Menschenmassen unterwegs waren, wie es gewöhnlich am Wochenende der Fall ist. Gemütlich fuhren sie mit Helenas Golf los und waren vierzig Minuten später am Parkplatz der Uferpromenade von Prien. Der Andrang am Hafen hielt sich in Grenzen, als sie sich ihre Tickets für eine kleinere Seerunde holten, die die beiden Inseln mit einschloss. Seit dem Jahr 1845 verbinden dreizehn Fahrgastschiffe das Festland mit den Inseln Herren- und Frauenchiemsee. Bierbichler und Helena stiegen ein in der MS Edeltraud, einem Schiff, das knapp tausend Fahrgäste befördern konnte. Es war das größte aller dreizehn Schiffe der Flotte. Als sie über die Brücke auf das Deck liefen, waren ungefähr vier- bis fünfhundert Personen mit an Bord, als sie starteten. Eine angenehme leichte Brise wehte, als das Schiff ablegte. Der Himmel war stahlblau mit winzigen Wölkchen. Die zahlreichen Fahrgäste waren kunterbunt verteilt in alle Altersgruppen. Familien mit Kindern, Senioren, Pärchen und einige Klassen, die bestimmt aufgrund der prunkvollen Bauten wie Kloster und Schloss Herrenchiemsee auf der Insel einen Ausflug unternahmen. Auch andere Nationalitäten und vor allem viele Asiaten waren an Bord. Bierbichler und Helena saßen Arm in Arm oben auf dem Deck, schauten auf die schäumenden Wellen und die herannahende Fraueninsel. Viele zückten ihre Smartphones und Kameras, um Fotos zu machen. Auch Bierbichler machte von ihnen beiden ein Selbstporträt, indem er sein Samsung vor ihre Gesichter hob, als sie Wange an Wange in die Linse stierten und grinsten. Traumhafte Aussicht umgab sie, ständig umrahmt von der Alpenkulisse der Chiemgauer Berge und leicht schemenhaft des Kaisergebirges von Österreich. Nach nicht einmal dreißig Minuten hatten sie die Fraueninsel erreicht. Dort stiegen die meisten aus und viele Wartende wieder zu, da die Schiffe zu fixen Zeiten immer wieder die Stege ansteuerten. Beide hatten einen kleinen Rucksack dabei und erkundeten erst das Kloster auf der Insel und bewunderten die Blütenpracht im Park, bevor sie sich ein idyllisches Plätzchen am Ufer suchten, fernab der Touristenströme.

„Komm, gehen wir da hinten an die Sträucher, da sind wir nur fünf Meter vom Wasser weg", sagte Helena, als sie ein schmuckes Wiesenplätzchen entdeckte. Nur dreißig Meter von der Uferseite sahen sie eine kleine Bucht, die von hohen Sträuchern umgeben war. Sie breiteten ihre Decke aus und zogen sich bis auf die Unterwäsche aus. Bei vierundzwanzig Grad Luft- und zwanzig Grad Wassertemperatur stürzten sich einige ins grünblau schimmernde Wasser. Als sie sich gegenseitig anschauten, wussten beide um die Lust des anderen. Als sie merkten, dass sie ziemlich geschützt vor den Blicken der anderen Spaziergänger waren, zogen sie sich ganz aus und legten sich auf die Decke. Seine pralle Männlichkeit wedelte erwartungsvoll in der Luft. Sie beugte sich über seinen Schwanz und leckte um seine Eichel. Stöhnend blieb er liegen und ließ alles mit sich geschehen. Als sie gierig seinen Steifen in den Mund nahm, spürte er bereits das Kribbeln. „Komm noch nicht, besorg es mir erst von hinten", bettelte sie fast und kniete sich vor ihn hin. Er kniete sich hinter sie und stieß ihn rein in ihre feuchte Muschi. Mit einer Hand griff sie an ihren Kitzler und rieb ihn zu seinen immer wilderen Stößen. Als er ihre Arschbacken immer stärker knetete und mit seinen Händen ihr Hinterteil immer stärker beklatschte, wusste sie, dass er jeden Moment kam. Als er aufschrie, kam sie wenige Sekunden später, als seine Stöße langsamer wurden und sein Schwanz seine Ladung abspritzte. Dann rutschte sein erschlaffter Schniedel aus ihrer Vagina und sie legten sich beide erschöpft auf die Decke.

„Eigentlich müssten wir ja aufpassen oder mit Kondom", sagte sie fünf Minuten später. „Ich bin ja noch im besten gebärfähigen Alter mit meinen vierundvierzig."

„Stimmt, da hab ich noch gar nicht darüber nachgedacht", sagte er nachdenklich.

„Ja, das tun die wenigsten, bis es ihnen kommt. Aber um dich zu beruhigen, ich nehm die Pille. Meine letzte Beziehung vor dir ist ja noch nicht allzu lange her."

Dann knutschten sie noch und zogen sich wieder an.

„Also, wenn wir noch auf die Herreninsel wollen,

sollten wir das nächste Schiff in zwanzig Minuten nehmen, sonst wird's zu spät", meinte sie mit Blick auf ihre Uhr.

„Du hast recht, lass uns zum Steg laufen, das Schloss auf der Herreninsel hätte mich schon auch noch interessiert."

Dann schlenderten sie zurück zur Anlegestelle, wo zehn Minuten später das Schiff aus Gstadt wiederkam. Das Schiff war voller als zuvor, als sie anlegten vor zwei Stunden. Das gleiche Procedere wie den ganzen Tag; zuerst stiegen die Ankommenden aus, während die anderen schon in Reih und Glied warteten, um einsteigen zu können. Dann geschah was Unfassbares, das in der deutschen Schifffahrtsgeschichte seit dem letzten Weltkrieg nicht mehr vorkam!

Ein ohrenbetäubender Lärm, eine gewaltige Detonation erschütterte die milde Luft. Eine Explosion wie von einer Bombe zerfetzte das Schiff, Teile flogen in die Luft, das Schiff knirschte und knackte wie bei einem getroffenen Fliegerangriff. Passagiere wurden wie Spielzeugfiguren in die Luft geschmettert, zerfetzte Gliedmaßen flogen umher. Die Druckwelle erfasste auch die Wartenden am Steg, die in die Luft geschleudert wurden, wie bei einem Hurrikan. Das Schiff knickte wie einst die Titanic in der Mitte und brach mit dem Bug nach unten ins Wasser. Die Menschen, die nicht zerfetzt wurden, fingen Feuer, die wenigen Überlebenden hechteten ins Wasser. Schreie gellten in der Luft, das Inferno war viele Kilometer weit zu sehen. Auch Helena und Bierbichler wurden in die Luft geschleudert, bevor sie aufschlugen, war alles still um sie. Das Wasser, das fünf Minuten zuvor noch grünblau war, verfärbte sich im Radius von hundert Metern. Hunderte von Leichen und Körperteilen trieben im Wasser, das sich jetzt rot färbte. Blutrot.

BLUTROTER CHIEMSEE.

24. Kapitel

Peter Palmer las in seinem Büro in Bad Aibling die Chiemgauer Tageszeitung, während er an seinem Kaffee nippte. Der Sohn einer Deutschen und eines Amerikaners wohnte seit sieben Jahren im Chiemgau. Zuvor hatte er vier Jahre ein Landhaus in Landsberg am Lech bewohnt, wo er mit seiner Exfreundin gelebt hatte. Nach der Trennung wollte er nicht nur privat, sondern auch beruflich einen Schlussstrich ziehen und zog ins achtzig Kilometer entfernte Bad Aibling. Peter war einunddreißig, eins achtundachtzig groß, mit einer athletischen, sportlichen Figur. Er verrichtete seit neun Jahren einen Beruf, von dem sein Vater meinte, dass er „Dauergast" in den örtlichen Sozialämtern wäre. Aber da lag sein Vater falsch, wie schon häufiger im Leben. Peter hatte sich nach anfänglichen Startschwierigkeiten durchgeboxt und konnte es sich sogar leisten, teilweise zwei Aushilfskräfte zu engagieren. Allerdings war der Job doch weit weniger aufregend als viele glaubten, vorwiegend musste er sich mit Überwachungen und Beschattungen untreuer Partner beschäftigen. Und dann bekam er regelmäßig Aufträge einer Drogeriekette, da auch hier die Ladendiebstähle zunahmen. Trotz allem war er zufrieden mit seinem Job und machte auch immer wieder interessante Bekanntschaften, die auch in das Private gingen. Auch im örtlichen Karateclub war er beliebt und bekannt und wurde ab und zu auch mit einem Auftrag bedacht. So wie gestern, als ihn ein Firmenchef mit der Bewachung seines Anwesens betraute während seiner Abwesenheit im Urlaub.

Seine Bürotür ging auf und Sandy Specht, seine Bürohilfe, kam herein. „Guten Morgen, Peter, schon fleißig?"

„Wie immer, Sandy, einer muss ja für Ordnung hier sorgen", entgegnete er spaßig.

Sandy war mollig, rothaarig und alleinerziehend seit vier Jahren. Sie kam zwanzig Stunden in der Woche zu ihm ins Büro. Er gestattete ihr öfter mal zu spät zu kommen, er wusste, dass sie ihren kleinen Sohn erst in den Kindergarten bringen musste. Dafür blieb sie auch mal länger oder erledigte in ihrer Freizeit öfter mal Botengänge für ihn.

„Peter, gute Nachricht. Ich hab einen neuen Auftrag für dich an Land gezogen!"

„So? Na, da bin ich ja mal gespannt. Wieder ein untreuer verdächtiger Ehemann?"

„Nein, diesmal was Interessanteres. Es geht um eine Vermisste oder besser gesagt Verschleppte."

„Du meinst aber nicht die Tina Probst, wo in der Zeitung groß und breit stand?"

„Doch genau die. Ich kenne ihre Schwester Petra, die geht auch jeden Mittwoch zum Pilates beim Get Fit. Und sie meinte, unsere Dienste in Anspruch nehmen zu können beziehungsweise zu müssen."

„Klingt ja brisant, kommt die Polizei nicht weiter?"

„Anscheinend nicht, du weißt ja, was die Polizei hier für einen Ruf genießt."

„Ja, einen miserablen."

„Eben deshalb. Sie glaubt, dass der ganze Fall spätestens in vier Wochen aus dem Blickpunkt des öffentlichen Interesses verschwindet und der Fall dann wie bei vielen Vermissten zu den Akten gelegt wird."

„Und wie sollen wir ihr helfen? Es gibt ja keinerlei Anhaltspunkte, wo sie sein könnte. Vielleicht ist sie in der Ukraine oder Asien, alles möglich."

„Du würdest Unterstützung bekommen von einem ehemaligen Kommissar aus Kempten, Bierbichler heißt er. Der hatte mit einem ähnlichen Fall vor Monaten schon im Raum Oberallgäu zu tun. Und war auch Zeuge der Entführung, was aber nicht in der Zeitung stand! Vermutlich, um ihn zu schützen."

„Woher weißt du das alles?"

„Wie gesagt, ich habe mich gestern ausführlich nach dem Training mit Petra und Jessica unterhalten. Jessica ist die beste Freundin und Arbeitskollegin von der Wendelsteinklinik. Und die beiden wissen einiges mehr, als in der Zeitung stand."

„Haben die überhaupt das nötige ‚Kleingeld', um mein Honorar zu bezahlen?"

„Auch das wurde besprochen und ist kein großes Problem. Ich habe deinen Tagessatz von zweihundert Euro genannt. Du würdest sogar noch mehr bekommen!"

„Was? Du könntest ja meine Managerin werden."

„Die Eltern von Tina und Petra wurden auch bereits kontaktiert und stehen dem Ganzen positiv gegenüber. Sie würden dir sogar im Erfolgsfall noch eine satte Zusatzprämie zukommen lassen."

„Wie viel?"

„Fünftausend Euro, wenn Tina lebend zurückkommt!"

„Nicht schlecht, Frau Specht! Hoffentlich lebt sie noch. Hast du auch schon ein Treffen mit allen arrangiert? Ich möchte mit den Mädels sprechen und vor allem mit dem Exbullen."

„Erledigt, Chef. Um sechzehn Uhr am Samstag in Zell-Harthausen beim Heiss. Der Tisch ist schon reserviert."

„Prima Sandy, dann ist ja alles geregelt, oder?"

„Nein, eine Kleinigkeit fehlt."

„Welche?"

„Wir wollten uns doch wieder mal über meine nächste Gehaltserhöhung unterhalten!"

25. Kapitel

Tina bekam auf einem Tablett um neunzehn Uhr dreißig ihr Abendessen aufs Zimmer gebracht. Sie hatte sich wieder etwas regeneriert und ihre Blessuren versorgt. Auf dem Teller des Tabletts war eine kleine Salatschüssel sowie Putenfleisch und Reis. Dazu eine Cola light und Orangensaft. In ihrer spartanischen Singleküche hatte sie nur Kaffee und Müsli, deshalb wurde ihr zweimal am Tag ein warmes Essen gebracht. Wenigstens in dieser Hinsicht waren sie großzügig, bis jetzt zumindest. Als sie fast fertig gegessen hatte, kam Jana aufs Zimmer.

„In fünfzehn Minuten geht's los, Tina. Du bist an der Bar mit Elena, zieh die richtigen Klamotten an. Und versuch den Typen möglichst teure Getränke aufzuschwatzen."

„Kommen eigentlich auch Pärchen ins Lokal?", fragte sie dann.

„Natürlich, aber eher weniger. Meistens zu späterer Stunde, nur auf einen Drink oder um sich beim Porno aufzugeilen."

„Hab ich jetzt morgen ab Mittag frei?"

„Das kann ich dir noch nicht versprechen, das hängt davon ab, wie du dich heute bewährst. Aufgrund deines Schreis aus dem Zimmer wollte dich der Chef eigentlich bestrafen, ich konnte ihn noch milder stimmen. Aber ein guter Tipp: Tu es nicht noch einmal! Und was den Abend und die Nacht betrifft, sei auch vorsichtig. Auch wenn du es noch nicht bemerkt hast, du bist verwanzt. Die Zimmer, der Gang, die Toiletten, die Separees sind mit Kameras und Mikrofonen ausgestattet. Alles kann genau beobachtet oder mitgehört werden. Also, wenn du deinen schönen Körper noch behalten willst, überlege es dir sehr genau, was du machst. Und jetzt mach dich fertig, in zehn Minuten bist du unten!"

Dann verließ sie das Zimmer. Tina entschied sich für rote Pumps, einen schwarzen Lederminirock mit einem transparenten weißen Top, wo ihre Brüste und Warzenvorhöfe überdeutlich zu sehen waren. Dann legte sie ein dezentes Make-up auf und ging zur Bar runter. Die Bar war aus Mahagoni und gut dreißig Meter lang, die Barhocker schwarz gepolstert, ausgelegt für gut vierzig Leute. Dazu gab es um die ganze Bar herum Steh- und Sitztische für bis zu vier Personen. Insgesamt konnten sich bei gutem Besuch mindestens hundert Leute in dem rechteckigen Raum bewegen. An zwei Ecken gab es die Separees, wo sich die Besucher auf einem Wasserbett tummeln konnten. An drei Wandseiten liefen auf Flachbildschirmen rund um die Uhr Pornos auf Diagonalen von einhundertsiebenundzwanzig Zentimetern ab. Molly und Viola waren die Ladys, die mit Tina den Barbetrieb machen sollten bis vier Uhr früh. Sie hatten sich schon die letzten Tage häufiger gesehen. Molly war die einzige „Vollschlanke" unter den ganzen schlanken Mädels. Auf ihren eins fünfundsechzig hatte sie bestimmt achtzig Kilo verteilt. Wie sie Tina mitteilte, gab es einige Gäste, die es gern mollig „bevorzugten". Eindringlich wurde sie nochmals darauf hingewiesen, dass sie nicht alle Gäste ablehnen konnte, die mit ihr ins Nebenzimmer wollten. Sonst würde sie am nächsten Tag die Konsequenzen tragen müssen, wie die auch immer aussahen. Bestimmt nicht gut, aber ein spezieller Gast um Mitternacht sollte ihr Schicksal entscheidend beeinflussen.

26. Kapitel

Er sah helles Licht, er fühlte sich wie ein Engel, der schwebte. Jemand sprach wie aus weiter Ferne zu ihm. Eine Hand streichelte über sein Gesicht. War so das Jenseits? Befand er sich im Himmel? Streichelte ihn so ein Engel?

„Sepp, mein Liebling!" Auch Helena war im Himmel, die jetzt zu ihm sprach?

Jetzt sah er ihr Gesicht deutlicher, als sie sich über ihn beugte. „Sind wir bei Gott?", fragte er seinen Engel.

„Sepp, du hattest einen Kreislaufzusammenbruch! Du liegst in einem Patientenzimmer der Klinik. Geht's dir wieder besser?"

Allmählich dämmerte ihm, was los war. Ungläubig sah er sie an: „Wie lange bin ich schon hier?"

„Knapp drei Stunden, wir wollten einen Ausflug machen."

„Mein Gott, die Explosion auf dem Schiff, das Inferno? Alles geträumt!"

„Ja, mein Schatz. Gott sei Dank, ich möchte nicht wissen, wie dein Traum aussah."

„Ja, bestimmt besser so. So einen grauenvollen

Albtraum hatte ich noch nie."

„Vergiss es, jetzt ist es vorbei. Vermutlich hattest du die letzten Tage und Stunden zu wenig getrunken, meinte der Arzt. Dr. Schmeller von der Rehaeinrichtung hier hat sich gleich um dich gekümmert, als du umgekippt bist. Er stellte gleich fest, dass du ein Kreislaufproblem hattest. Hier nimm mal einen Schluck Wasser."

Als er das Glas Wasser auf einen Zug trank, sah er auf seine Uhr und meinte: „Kurz nach halb sechs. Zu spät für einen Ausflug?"

„Das ist jetzt erst mal auch unwichtig, du musst dich erst mal regenerieren. Bleib noch ein bisschen liegen und dann gehen wir zum Abendessen. Und heute Abend ist in eurem Hotel ein bekannter Pianist, dann werden wir gemütlich im Hotel bleiben und uns einen schönen Abend machen. Und morgen Nachmittag haben wir eine Unterredung mit Petra und dem Privatdetektiv, den sie angeheuert haben."

„Tu mir noch einen Gefallen, Helena, bevor wir essen."

„Welchen?"

„Geh mit meiner Speicherkarte noch in die Stadt zum Drogeriemarkt. Lass die Bilder, die ich im Hubertushof machte, auf zwanzig mal dreißig Zentimeter vergrößern. Ich hab da so eine Idee, die ich morgen mit dem Detektiv besprechen möchte."

27. Kapitel

Tina Probst ergriff immer mehr die Müdigkeit kurz vor Mitternacht im Crazy Horse. Der Bardienst war anstrengender als erwartet und sie musste viele Angebote der Gäste abwehren. Fast jede viertel Stunde versuchte sie ein Mann zu überreden, mit ihm ins Separee zu gehen. Langsam fiel sie auf unter den Kolleginnen, die sie argwöhnisch beobachteten. Sie fragte sich, welche von den Damen hier freiwillig oder gezwungen waren, hier zu sein, traute sich aber nicht während des Dienstes danach zu fragen.

„Lady, keine Lust mit uns zu dritt?", riss sie auf einmal ein neuer Gast aus ihren Gedanken, der an der Bar lehnte und wie fast alle ihre prallen Möpse angierte. Er war mit einem Kumpel hier und vielleicht erst seit kurzem volljährig. Beide hatten noch ein Bubigesicht, mit roten Wangen und brav gescheiteltem blonden Haar.

Nein, mit euch halben Kindern hab ich auch keine Lust zu bumsen, dachte sie sich, sagte aber stattdessen: „Wendet euch bitte an meine Kollegin, ich habe in zehn Minuten einen Kunden." Sie hoffte, dass sie sich damit zufriedengaben, denn es betrat erstmals ein junger Mann das Lokal, der ihr gefiel. Sie bemerkte den jungen Mann, wie er fast schüchtern und unschuldig am Eingang stand und nicht so recht wusste, was er hier eigentlich wollte. Er hatte kurzes dunkles und volles Haar und sah aus wie Ashton Kutcher, der Exverlobte von Demi Moore. Als sich ihre Blicke trafen, wusste sie, dass er es war, mit dem sie heute noch Sex haben würde. Anscheinend dachte er das Gleiche, weil er zielstrebig ihren Barplatz ansteuerte.

„Ich hätte gerne eine Piña colada, bitte", sagte er in einem sanften ruhigen Ton, der ihr sofort angenehm war. Er stierte auch nicht auf ihre Brust, sondern sah tief in ihre blauen Augen.

„Gern", sagte sie nur und machte ihm eine.

Als sie das Getränk vor ihm hinstellte, bedankte er sich artig und sah sich um.

„Zum ersten Mal hier?", fragte Tina.

„Ja, ich bin mit meiner Mutter nach Prag gekommen, weil ihre Mutter, also meine Oma, hier noch wohnt. Sie wird achtzig, pardon, ist es seit knapp einer halben Stunde. Sie lebt allein hier und hat keine Angehörigen mehr außer uns."

Sie glaubte ihm jedes Wort, solche Augen konnten doch nicht lügen, dachte sie.

„Ein Cognac", schrie ein schon etwas betrunkener Gast zwei Meter links von ihr. Anscheinend war er eifersüchtig auf den Smalltalk. Tina bediente ihn schnell, um keine falschen Eindrücke zu erwecken. Mittlerweile hatten sie Verstärkung an der Bar bekommen. Larissa, eine Russin mit fast eins achtzig und blond gefärbtem Haar, tummelte sich auf einmal neben ihr.

Als sie sich wieder in die Nähe des jungen Mannes begab, sagte er: „Übrigens, ich heiße Marco."

„Angenehm, Tina", erwiderte sie. Jetzt machte sie etwas, das sie nie für möglich gehalten hätte, zumindest bis vor einer Woche.

„Marco, hättest du Lust, mit mir zu bumsen?"

Ihm fiel fast das Glas aus der Hand. „Ja, äh gern, aber ich hab nicht viel Geld dabei. Nur fünfzig Euro."

„Das reicht", sagte sie zu seiner Überraschung.

„Bist du schon lange hier?", fragte er.

„Erst seit ein paar Tagen und du bist der Erste, der mir gefällt."

Sie merkte, dass er ihr das glaubte.

„Ich trinke noch aus, dann können wir gehen."

Drei Minuten später war sein Glas leer und Tina unterrichtete Larissa, dass sie mit dem jungen Mann ins Separee gehen würde.

„Aber nimm ihn gut aus", gab sie ihr noch weiter. „Die

Preisliste liegt in der Schublade im Zimmer, falls du nicht mehr alles im Kopf hast."

„Ja, alles klar", sagte sie, nahm Marco an die Hand und sie gingen in eines der sieben „Spielzimmer", die am hinteren Ende der Bar waren.

Als er sich im Zimmer, das vielleicht zehn Quadratmeter hatte, hinsetzte, meinte er: „Aber du musst mir eines versprechen!"

„Was?"

„Dass du mich nicht auslachst, ich hab nämlich einen sehr kleinen Penis!"

„Kein Problem, lieber so, als einer mit dreißig Zentimetern." Das beruhigte ihn und er zog sich aus bis auf die Unterhose. Tina streifte ebenfalls ihre Klamotten ab und stand nackt vor ihm. Sie merkte, wie er leicht zitterte, vermutlich vor Nervosität.

Sie kniete sich hin und zog seine Unterhose runter. Er hatte nicht zu viel „versprochen", sein bestes Stück war wirklich sehr klein, maximal vier bis fünf Zentimeter vielleicht. Und erregt war er auch noch nicht. Sie nahm seinen kleinen Schniedel in ihre Hand und spielt damit. Dann stand sie auf und küsste ihn. Mit ihren eins siebenundsiebzig war sie vielleicht höchstens sechs Zentimeter kleiner als er. Dann hob sie ihre rechte Brust und hielt sie ihm unter den Mund.

„Leck meine Warze", flüsterte sie ihm zu.

Er streckte seine Zunge raus und spielte mit ihren harten großen Warzen. Sie sah an ihm herunter und merkte, dass seine Nervosität geringer wurde. Sein „kleiner Mann" richtete sich zur vollen Pracht auf und sie schob seine Vorhaut sanft vor und zurück. Auch steif hatte er nur um die zehn Zentimeter.

„Ich leg mich jetzt aufs Bett und du reibst deinen Schwanz zwischen meinen Titten."

Normalerweise würde sie so nie sprechen, aber es törnte ihn vielleicht zusätzlich an. Als sie sich hinlegte und mit beiden Händen ihre Brüste zusammenschob, hockte er sich nicht über sie, sondern legte sich zuerst neben sie. Dann sah er sie an und streichelte über ihr Gesicht. Er war unglaublich zärtlich, sie genoss jede seiner Bewegungen. Sie beugte sich über ihn und suchte seinen Mund. Ihre Lippen trafen sich, sanft glitt seine Zunge in ihren Mund. Ihre Zungen streichelten und liebkosten sich. Seine rechte Hand griff zwischen ihre Schenkel. Als er zwei Finger in ihre Scheide steckte, merkte er, wie nass sie war. Tina stöhnte wohlwollend, als er ihren Kitzler sanft stimulierte. Dann setzte er sich langsam oberhalb ihres Bauches, beugte sich leicht vor und steckte seinen harten Penis zwischen ihre großen Brüste. Sie drückte sie so fest zusammen, dass er einen angenehmen Reibepunkt hatte. Langsam stieß er vor und zurück und merkte, wie seine Eichel zu kribbeln begann. Sie merkte an seinen schneller werdenden Bewegungen, dass es nicht mehr lang dauern würde, bis es ihm kam. Schweißtropfen bildeten sich an seiner Stirn und Brust. Dann schrie er laut auf, als seine Explosion kam. Sein kleiner Schwanz zuckte und spie wie ein brodelnder Vulkan. Zusätzlich nahm sie ihn noch an die Hand und bewegte ihn blitzartig vor und zurück. Er spritzte ihr Gesicht und ihre Brüste voll, dass es wie Sahne an ihr runtertriefte. Noch nie empfand sie warmes Sperma so angenehm. Als er unten noch tropfte, kroch er zwischen ihre Schenkel. Mit beiden Daumen und Zeigefingern öffnete er die Schamlippen nach außen und steckte seine Zunge in ihre feuchte Muschi. Gekonnt spielte er mit seiner Spitze an ihrem geschwollenen Kitzler. Nach wenigen Minuten schüttelte sie sich wie eine gekraulte Katze. Nach den grausamen Tagen zuvor spürte sie endlich wieder ein angenehmes Gefühl der Erleichterung, Glück und Zufriedenheit, als ein gewaltiger Orgasmus sie heftig überkam. Sie zitterte und zuckte wie nach einem Stromschlag. Entspannt und erleichtert träumte sie, wie sie mit Marco an einem Strand in Cuba lag, ihrem letzten Urlaubsziel von Mai 2014. Es war wie ein schöner Traum, der hoffentlich niemals enden würde. Er legte sich neben sie und ihre nassen Gesichter berührten sich. Dann vergaßen sie um sich die Welt und liebten sich ein weiteres Mal, bis sie engumschlungen liegen blieben wie ein verliebtes nach Liebe dürstendes Paar.

28. Kapitel

Prag, fünftes Stockwerk; Überwachungsraum.

„Unfassbar", stammelte Jana fast gerührt, als sie das junge Pärchen im „Spielraum" neben der Bar sah.

Tomas und Iwan standen neben ihr und ihre Blicke verfinsterten sich.

„Untragbar", sagte Iwan, als er die beiden auf dem Vierundzwanzig-Zoll-Bildschirm betrachtete. „Die Schnecke passt besser zu einer Herzblatt-Sendung als in ein Bordell!"

Jana hatte auch ihre Bedenken, wollte sie aber nicht äußern. Sie wusste, was die beiden Typen jetzt dachten. Sie selbst wuchs in zerrütteten Familienverhältnissen auf und war seit sieben Jahren in dem Gewerbe tätig. Sie war erst sechsundzwanzig und die Anzahl ihrer Freier lag bestimmt schon im vierstelligen Bereich. Kurz vor ihrer Volljährigkeit war sie über einen damaligen Freund in Berlin zu Heroin und ins Rotlichtmilieu gekommen. Sie sahen auf dem Bildschirm, wie Tina eben ihren Orgasmus bekam und sie sich wie Frischverliebte innig umklammerten.

„Die Frau ist für uns absolut ungeeignet. Die ändert sich trotz Schlägen und Crystal Meth nicht mehr", bekräftigte Iwan seine Aussagen. „Wenn der Chef das gesehen hätte, würde sie morgen nicht mehr leben."

„Was sollen wir mit ihr machen?", fragte Jana, obwohl sie die Antwort schon kannte. Irgendwie tat ihr die nette Tina auch wieder leid. Aber Gefühle durfte man in diesem Geschäft niemals zeigen, sonst war man selbst auf der Abschussliste.

„Die Kleine soll die nächsten drei Tage noch arbeiten, als ob nichts gewesen wäre. Sag ihr, Jana, dass ihr freier Tag gestrichen wird, weil sie nur einen Freier hatte in den ganzen Stunden. Da sind uns einige hundert Euro Umsatz flöten gegangen, weil die Schlampe nie ficken wollte. Du bist ab jetzt für ihre Bewachung zuständig, rund um die Uhr. Mach ja keinen Fehler, es könnte sein, dass die beiden vor lauter Verliebtsein versuchen sich was zuzustecken. Auch flüstern birgt eine Gefahr, unsere Mikrofone können nicht alles einfangen. Der Typ wird observiert, darum kümmerst dich du, Tomas. Du weißt, wen du damit beauftragen kannst. Ich will wissen, wie er heißt und wo er wohnt. Und gebt unseren Freunden in Bayern Bescheid, sie kriegen in wenigen Tagen wieder Arbeit."

„Willst du das wirklich tun, Iwan?", fragte Jana mit etwas Unbehagen.

„Du wirst doch nicht etwa sentimental werden? Dann wärst auch du ein Problem", sagte er mit eiskalter Stimme. Jana schwieg, sonst hätte sie ein Problem.

„Es ist unausweichlich. Die niedliche Tittenmausi hat genau noch zweiundsiebzig Stunden bis zum goldenen Schuss. Danach machen Karel und Tomas eine Spritztour und füttern mit ihrer Leiche die Fische vom Bayerischen Meer."

29. Kapitel

Sonntagnachmittag, dreizehn Uhr dreißig in Bad Aibling.

Bierbichler, Helena, Peter Palmer, Jessica und Petra hatten sich um dreizehn Uhr dreißig auf der Terrasse vom Café Heiss in Zell verabredet.

Da Palmer aufgrund eines anderen Falles am Samstag nicht konnte, wurde das Treffen auf Sonntag verschoben. Alle wussten, um was es geht, und die Zeit drängte. Das Ausflugslokal war um diese Zeit wie immer bei schönem Wetter bis auf den letzten Platz belegt. Gut, dass Petra einen Tisch reserviert hatte. Das Wetter zeigte sich wie die letzten Tage wieder von seiner schönsten „Altweibersommer-Seite". Alle, bis auf Sandy Specht, die Assistentin von Palmer, waren anwesend.

„Dann haben Sie ja sicherlich schon einiges mitgemacht", sagte Palmer, als Bierbichler ihm von dem „Schrecksee-Fall" mit den verschwundenen Frauen erzählt hatte.

„Ja, und ich bin mir sehr sicher, dass es Verbindungen zu diesem Fall hierher nach Oberbayern gibt, in welcher Form auch immer. So viele Zufälle und

Ähnlichkeiten gibt es nie und nimmer. Und auf diese Verbindungen stoßen wir hoffentlich sehr schnell, vor allem wenn wir mal eine der Vermissten lebend wiederfinden."

„Seh ich auch so", meinte Palmer, „aber jetzt schauen wir uns mal die Bilder von Ihnen an." Er hatte seinen Laptop mitgebracht und Helena hatte die Bilder auch großformatig ausdrucken lassen, wie Bierbichler es wollte. Er steckte die Mini-SD-Karte in einen Adapter und dann schob er die Speicherkarte in den Kartenleser des Notebooks.

„Hat die Polizei immer noch keine heiße Spur?", fragte er, während er die Datei der Bilder öffnete.

„Nein", meinte Helena, „dieser Herr Oberberger wird uns bestimmt nicht auf dem Laufenden halten. Der wird sich denken, warum sollen die das wissen. Wahrscheinlich hat er Angst, dass Sepp auf eigene Faust ermittelt."

Als Peter Palmer die Bilder allen zeigte, wurde Bierbichler auf einmal stutzig.

„Helena, kommt dir der Typ eigentlich nicht bekannt vor, wenn du ihn dir mit Sonnenbrille und Schirmmütze vorstellst?"

„Nein, warum?"

„Vergrößern Sie bitte mal den Kopf des Typen, stellen

Sie auf Vierhundert-Prozent-Zoomvergrößerung."

Helena sah ihn wieder prüfend an und verneinte.

„Ich kann dir sagen, woher er mir bekannt vorkommt. Von unserem Ausflug in Salzburg!"

„Du meinst den Typen an dem Tisch von Alex und Jenny, als wir von der Rundfahrt zurückkamen?"

„Genau den. Der sieht ihm doch zum Verwechseln ähnlich, trotz Brille und Hut. Und die Größe passt auch, der Typ war knapp über eins neunzig."

„Schwer zu sagen, wäre möglich", meinte sie. „Am besten rufst du gleich Alex oder deine Tochter an und fragst nochmal nach dem Mann."

„Mach ich, auf der Stelle", antwortete er und begann zu wählen. Er stellte sein Mobiltelefon auf Freisprechen.

„Hi, Jenny, ich bin es. Ist dein Freund bei dir?"

„Ja, Paps, was gibt's denn?"

„Das sag ich ihm gleich, gib ihn mir mal bitte." Sie reichte das Telefon an ihren Freund.

„Hi, Alex, ich werde dir in den nächsten Minuten vom Handy aus drei Bilder zusimsen. Sag mir dann doch gleich, ob es sich um den Gleichen handelt, den ihr in Salzburg getroffen habt, okay?"

„Klar, mach ich", antwortete Alex sichtlich erstaunt. Ist

der denn jetzt ein Verdächtiger in dem Fall?"

„Ich glaube ja, das hängt jetzt von deinem Blick und deinem Urteilsvermögen ab."

30. Kapitel

Wenige Minuten später kam der Rückruf von Alex. Bierbichler stellte den Lautsprecher seines Handys an, dass alle mithören konnten.

„Und, ist das der Typ von Salzburg?", fragte Bierbichler und alle hörten gebannt mit.

„Ich muss ehrlich sagen, ich bin mir nicht sicher. Deine Fotos von der Nacht im Hubertus sind nicht klar zu erkennen. Das Gesicht ist sehr dunkel und zudem hab ich ihn ja schon einige Jahre nicht mehr gesehen. In Salzburg vielleicht fünf Minuten. Von der Größe und Statur her, würde ich sagen, ja."

„Wie heißt der Typ?"

„Kollmannsberger. Pascal Kollmannsberger. Alle haben ihn aber immer nur „Kolli" genannt."

„Hältst du es für möglich, dass er und vielleicht auch sein Vater in der Rotlichtszene drinstecken könnten?"

„Ja, das traue ich ihm zu. Er schmiss damals schon immer mit dem Geld um sich, und alle vermuteten, dass er später von Beruf Sohn wird. Und woher sein Vater die viele Kohle hat, um in alle möglichen Projekte zu investieren, so wie jetzt in den Europapark, weiß eh keiner so genau."

Alle am Tisch sahen sich an und hofften auf eine heiße Spur.

„Jetzt fällt mir noch was ein, Sepp", erzählte Alex weiter. „Michael, ein Freund, der auch mit uns damals studierte, war mit Kollmannsberger und Sabine im Skiurlaub auf Ischgl vor drei Jahren. Die drei unternahmen öfter was gemeinsam und waren dort beim Ski-Opening. Es könnte durchaus sein, dass davon Bildmaterial existiert. Soll ich ihn mal anrufen, ob er mir eventuell Fotos zumailen könnte?"

„Ja, das wäre prima. Dann würde ich es zu der Kripo nach Kempten senden, dass die ihn vom BKA überprüfen lassen."

Alle ahnten, dass der Fall jetzt ins Rollen kommen könnte. Es hörte sich recht vielversprechend an mit dem undurchsichtigen Typen. Alex versprach so schnell wie möglich sich wieder zu melden, falls sein Kumpel Michael was an Bildmaterial zur Verfügung hatte. Sie beredeten noch einiges am Tisch und eine Stunde später trennte sich die Teilnehmerrunde vom Café. Bierbichler sagte Palmer, dass er den Namen des Typen nicht dem Polizeichef von Bad Aibling weitergeben, sondern seinem Exkollegen in Kempten mitteilen würde. Dieser könnte dann eine sofortige Fahndung einleiten.

Eine halbe Stunde später, kurz vor sechzehn Uhr.

Bevor Palmer nach Hause fuhr, erledigte er noch beim Discounter einige Einkäufe. Als er die Tüte in seinem BMW verstaute, klingelte sein Handy. „Peter Palmer", meldete er sich wie immer.

„Hallo, Peter, hier ist nochmal Petra von vorhin."

Ihre Stimme klang schrill und voller Aufregung.

Er war überrascht, dass sie sich so schnell wieder meldete.

„Du klingst so hektisch. Ist was passiert? Was vergessen, mir vorher mitzuteilen?"

„Nein, nichts vergessen." Ihre Stimme überschlug sich fast vor Aufregung. „Eben hat mich ein junger Mann aus Prag angerufen, er weiß, wo Tina steckt!"

31. Kapitel

Prag, Sonntag, zwei Uhr fünfzehn.

Als Marco Eckstein das Crazy Horse um zwei Uhr fünfzehn verließ, war er hin und her gerissen. Diese Tina hatte es ihm angetan, spätestens ab dem Zeitpunkt, als sie engumschlungen auf dem Bett lagen und sie weinte, wusste er, dass sie in dem Nightclub nicht freiwillig arbeitete. Als er versuchte mehr zu erfahren, legte sie ihm schnell einen Finger auf seine Lippen, ein Zeichen, dass er nicht weiter reden oder fragen sollte. Vermutlich wurde sie abgehört oder überwacht, aber das würde er noch rausfinden. Er wollte diese zauberhafte Frau auf jeden Fall schnellstmöglich wiedersehen. Das Crazy Horse befand sich in der Karlsgasse zwischen dem Rathaus und der weltberühmten Karlsbrücke. Ein leichter Wind blies über die hell erleuchtete pulsierende Stadt, als er zu seinem Auto ging. Zahlreiche Nachtschwärmer waren in dem belebten Viertel unterwegs, wo viele Bars und Jazzkneipen die Gäste anlockten. Seine Großmutter wohnte seit ewigen Zeiten in der Josefstadt auf der anderen Seite der Moldau. Mit dem Auto von hier in maximal zehn bis zwölf Minuten zu erreichen. Sein Fiesta stand auf einem kleinen Parkplatz, circa vierzig

Meter vor der Karlsbrücke. Als er die Gasse verlassen hatte, fiel ihm hinter sich nur eine Person auf, die die gleiche Richtung ging. Zufall? Als er abrupt an einem Antiquitätenladen stehen blieb, lief auch die Gestalt nicht mehr weiter. Eine innere Unruhe ließ ihn nach hinten blicken. Es musste ein Mann sein, das sah er trotz der Dunkelheit. Groß, größer als er. Ein mulmiges Gefühl beschlich ihn. Der Kerl zündete sich eine Zigarette an, als Marco weiterging, setzte er auch seinen Gang fort. Marco griff in seine Jackentasche, ob er eine Waffe dabeihatte. Fehlanzeige, wenn der Typ ihn einholte, musste er sich mit den Fäusten wehren. Hoffentlich bin ich bald beim Fahrzeug, dachte er sich und beschleunigte seinen Schritt. Vielleicht noch vierzig Meter bis zu seinem Fiesta, hastig zog er seinen Autoschlüssel aus der Hose. Der Mann war keine zwanzig Meter mehr hinter ihm. Da kamen vier andere junge Leute von der anderen Richtung auf den Parkplatz zu. Sie steuerten zielstrebig einen Škoda an, der neben seinem Fiesta stand. Sie lachten laut, grölten und einer rülpste. Das war vermutlich seine Rettung, der Verfolger lief nicht mehr weiter und schaute nur in seine Richtung. Marco konnte jetzt im Schein der Straßenlaterne sehen, dass er eine Kapuze über den Kopf gestreift hatte. Hastig machte er mit der Fernbedienung seine Tür auf und hetzte die letzten Meter zum Auto. Er schwang sich auf den Sitz und schnallte sich an. Er legte den Rückwärtsgang ein und scherte raus aus dem Parkplatz. Beinahe hätte er beim hastigen Rückwärtsfahren noch einen der vier Jugendlichen angefahren. Einer schrie „Fuck you!" und hämmerte mit seiner Faust auf die Heckscheibe. „Jetzt macht mir nicht auch noch Schwierigkeiten", murmelte Marco schwitzend vor sich hin. Bevor ein anderer seine Beifahrertür aufmachen konnte und sich ihm in den Weg stellte, gab er Gas und raste mit quietschenden Reifen davon.

32. Kapitel

Prag, Sonntag, dreizehn Uhr dreißig.

Marco wachte am frühen Nachmittag auf der Couch in der Wohnung seiner Großmutter auf. Er sah auf seine Uhr, halb zwei! Seine Mutter und seine Oma hatten ihn schlafen lassen und nicht zum Essen geweckt.

„Und, endlich ausgeschlafen?", hörte er schon die Stimme von seiner Mutter aus der Küche.

„Du bist ja gerade rechtzeitig wach geworden zum

Nachmittagskaffee", meinte sie.

„Habt ihr mir vom Mittagessen nichts übrig gelassen?", fragte er zurück.

„Doch, es steht auf der Herdplatte. Noch ein großes Stück Ente mit Blaukraut und Reis."

Er kam erst kurz vor drei in der Früh nach seiner Flucht an und trank noch eine Dose Bier, weil er wegen der Aufregung nicht sofort schlafen konnte. Ihm ging noch vieles durch den Kopf, sodass er erst gegen fünf endlich einschlafen konnte.

„Na, das hört sich ja gut an", meinte er zufrieden.

Er zermarterte sich den Kopf, wie er Tina helfen konnte. Er duschte und machte danach sein Essen warm. Als er beim Essen saß, fragte seine Mutter: „Marco, wir fahren dann gegen neunzehn Uhr zurück nach Hof, sodass wir gegen halb zehn wieder daheim sind."

„Lass uns erst kurz nach acht fahren, ich muss noch jemand um zwanzig Uhr was vorbeibringen. Das ist sehr wichtig."

„Na gut, aber dass wir dann alles im Auto haben und gleich starten können, wenn du fertig bist. Hast du ein Mädchen kennengelernt?"

„Ja, und ich möchte mich unbedingt nochmals verabschieden. Ich weiß, wo sie arbeitet, aber wir konnten unsere Nummern nicht austauschen, weil im Lokal so viel Hektik war."

Seine Mutter glaubte ihm das, zumindest tat sie so als ob.

Das Verhältnis zu seiner Mutter war sehr gut, sie fuhren auch noch gemeinsam in den Urlaub, auch wenn ihr neuer Freund dabei war, den sie erst seit acht Monaten kannte. Seinen Vater hatte Marco nie richtig kennengelernt, als er zwei Jahre alt war, ging er fremd und seine Mutter schmiss ihn raus. Bevor er in die Schule kam, setzte er sich dann ab ins Ausland und kam seinen Unterhaltszahlungen auch nie mehr nach. Irgendwann war dann der Kontakt vollständig erloschen. Er wusste auch gar nicht, wo sein Vater jetzt lebte.

Als er gegessen hatte, setzte er sich zu den beiden Frauen und unterhielt sich auch mit seiner Großmutter. Sie wurde langsam dement und vergaß immer mehr. Seine Mutter sah nur die Möglichkeit, sie in den nächsten Monaten „zurück" nach Hof zu holen, ansonsten wäre sie bald ein Fall für das Pflegeheim. Ihr Mann, sein Großvater, war schon vor sieben Jahren an Krebs gestorben. Seine Mutter war auch tschechischer Abstammung und nur aufgrund der Heirat und des Wegzugs nach Franken bekam sie die deutsche Staatsbürgerschaft. Vielleicht hatte sie deshalb „den Mann" damals geheiratet. Aus ihren Erzählungen von früher konnte er immer wieder hören, wie schlecht es den Bürgern der ehemaligen ČSSR gegangen war. Und auch heute, viele Jahre nach der Teilung und dem Ende des Kommunismus, ging es dem Volk zu großen Teilen eher bescheiden im Vergleich zu den Deutschen. Er trank Kaffee und überlegte, wie er Tina am besten helfen konnte. Sollte er ihr heute Abend eine Waffe zustecken, vielleicht ein Messer? Sollte er die Polizei hier in Prag konsultieren? Er holte sich eine Dosenmilch aus dem Kühlschrank und schüttete sie in seinen Kaffee.

Dann sah er aus dem Fenster, es regnete leicht, der Himmel war dunkelgrau. Dann zuckte er zusammen, wenige Meter neben seinem Auto sah er den Kapuzenmann von heute früh! Verdammt, der Kerl hatte ihn gefunden. Wie war das möglich? Er konnte ihm doch unmöglich gefolgt sein, so viel Zeit hatte er doch gar nicht, als er mit Vollgas davonfuhr. Angst erfasste ihn, was hatte der Kerl vor? Waren womöglich seine Mutter und seine Oma in Gefahr, nicht nur er selbst? Er kramte in der Küchenschublade und zog ein großes Fleischermesser heraus. Er durfte nicht mehr unbewaffnet gehen, der Kerl war bestimmt ein Schläger und ihm überlegen. Wie konnte er die beiden Frauen schützen?

„Was schaust du denn so ungläubig aus dem Fenster?", fragte seine Mutter, die anscheinend sein ängstliches Gesicht gesehen hatte.

„Ach, ich ärger mich über das schlechte Wetter, richtig düster heute", gab er als Antwort.

Hoffentlich gab sie sich damit zufrieden. Er wollte ihr jetzt keine unnötigen Erzählungen auftischen, dann bekäme sie womöglich auch noch Panik. Er hatte immer noch seine Schlafhose an und holte seine Jeans vom frühen Morgen. Vielleicht hatte er ja auch sein Taschenmesser dabei, das er häufig mitnahm. Er durchsuchte seine Taschen, fand aber keines. Nur ein Labello und eine Serviette waren in den vorderen Taschen. Serviette? Wo hatte er denn die mit? Er sah sie an, es war eine vom Crazy Horse, ein Aufdruck war auf der Vorderseite. Sie war leicht zerknittert, aber er entdeckte eine rote Schrift. Er faltete sie auseinander, dann traf ihn fast der Schlag. Vermutlich mit Lippenstift geschrieben, stand darauf:

TINA PROBST, BAD AIBLING, HILF MIR!

Sein Herz hämmerte, seine Vermutung war richtig. Sie war bestimmt entführt und verschleppt worden. Sofort ging er zum Computer und rief die Google-Seite auf. Er gab ihren Namen und den Wohnort ein.

Das Suchergebnis war gut. Es gab nur eine Tina Probst, oft in Zusammenhang mit Petra Probst. Vermutlich ihre Schwester oder Mutter. Sie waren auch beide bei der VHS aufgeführt und gaben dort gemeinsam Kurse.

„Tina + Petra Probst, effektives Rückentraining" stand dort und zwei Handynummern. Es konnten nur die Nummern der beiden sein. Er wusste, was zu tun war. Es war jetzt schon fast fünf, er musste sofort anrufen. Als er die erste Nummer wählte, zitterten seine Hände vor Aufregung. Sein Blick ging zum Fenster, der Mann stand nicht mehr unten. War er vielleicht schon im Haus oder lauerte er wo auf, wenn sie die Wohnung verließen? Kurz vor sechzehn Uhr hörte er eine helle Frauenstimme am Telefon: „Petra Probst."

Treffer, sie war Tinas Schwester! Dann erzählte er ihr in wenigen Minuten das Wichtigste. Sie hörte fassungslos zu und sagte ihm, dass sie sofort einen Privatdetektiv verständigen würde, der vermutlich gleich nach Prag fuhr. Es galt keine Zeit mehr zu verlieren. Dann erzählte sie noch was von einem ehemaligen Kommissar, der auch mit ermittelte. Sie notierte seine Handynummer und er sagte ihr, dass der Detektiv an das Crazy Horse fahren sollte, falls er heute noch losfuhr.

„Er fährt mit Sicherheit die nächsten Minuten los", sagte sie zum Schluss, „so eine hohe Belohnung wird er so schnell nie wieder kriegen!"

Dann legte er auf und sagte sich, dass auch die Polizei informiert werden sollte, nicht „nur" ein Detektiv und Hobbyermittler. Nur die Tschechen hier, die waren ihm nicht ganz geheuer. Da rief er doch lieber in Bad

Aibling an, schließlich sind die doch am besten mit dem Fall vertraut. Eigentlich eine logische Schlussfolgerung, die er traf, nur nicht in diesem Fall. Sein nächstes Telefonat war ein verhängnisvoller Fehler!

33. Kapitel

Als Bierbichler und Helena nach dem gemeinsamen Treffen und einem Spaziergang zurück zum Hotel liefen, beschlossen sie noch zum Relaxen die Sauna aufzusuchen. Der Himmel war fast dunkel und die ersten Regentropfen fielen. Die Blätter hatten sich die letzten Wochen verfärbt und breiteten sich wie ein bunter Teppich überall aus. Die Saunaanlage in Bierbichlers Kurhotel bestand aus einer finnischen Trockensauna, einem Dampfbad und einer kleinen Außensauna mit Tauchbecken. Im Innenbereich gab es noch einen kleinen Whirlpool und einen Ruheraum für zwanzig Personen. Da es ab achtzehn Uhr das Abendessen im Hotel gab, war bis auf ein anderes Pärchen der Saunabereich leer. Sie kleideten sich aus und gingen mit ihren Bademänteln in die circa fünfhundert Quadratmeter große Wellnessoase. Nach dem Duschen begannen sie mit der Dampfsauna. Als sie nackt, Haut an Haut nebeneinander im dampfigen Nebel saßen, dachten sie wohl das Gleiche. Bierbichler betrachtete ihren nackten wohlgeformten Körper und begann sie am Rücken zu streicheln. Sie erwiderte es mit einem Zungenlecken über sein Ohr. Bierbichler musste eingestehen, dass die dunkle Schönheit, die er hier in Bad Aibling kennengelernt hatte, weitaus attraktiver war, als es seine verstorbene Frau jemals war. Regina, seine Exfrau, wäre in sieben Wochen sechzig geworden. Seit er Helena getroffen hatte, schaffte er es erstmals seit ihrem Tod, nicht ständig an sie denken zu müssen. Aufgrund ihrer Erkrankung, die vor fünf Jahren begann, hatte er auch die letzten Jahre keinen Sex mehr gehabt. Vermutlich hatte er deshalb so viel Nachholbedarf. Sie streichelten sich gegenseitig an Kopf, Nacken und Rücken und wanderten dann in tiefere Regionen. Helena sah seine große Erregung, als sein Phallus dick mit Blut gefüllt zur Decke zeigte. Zum Glück war die Dampfsauna trotz ihrer erhitzten Körper noch gut erträglich. Helena nahm seine Hand und führte sie zwischen ihre Schenkel. Ihre Vagina war noch feuchter als ihre dampfige Haut. Ihre Liebesgrotte triefte regelrecht und war bereit für den „Empfang". Sie erhob sich und stand mit dem Rücken leicht gebeugt zu ihm hin.

„Fick mich von hinten in den Arsch", sagte sie in einer Deutlichkeit, die er in seinem langen Eheleben noch nie so vernommen hatte. Sie beugte sich noch weiter und streckte ihm seinen Hintern fordernd entgegen. Er stand etwas auf, hielt seinen Schwengel fest und tastete sich vorsichtig zu ihrem Loch. Nachdem seine „Erkundungsfahrt" von Erfolg gekrönt war, schob er langsam seine Eichelspitze in ihren Eingang.

„Ah", stöhnte sie laut auf, dass sogar das andere Paar im Ruheraum hellhörig wurde. Er hielt sich an ihren Hüften fest und drückte ihn immer tiefer in ihren Anus, bis er zum Anschlag in ihr war. Als er merkte, dass es reibungslos „schmierte", begann er vorsichtig zu stoßen. Anal hatte seine Exfrau immer als abstoßend und pervers empfunden. Jetzt merkte er, dass nicht nur ihm, sondern auch seiner Gespielin das höchste Lust bereitete. Seine Hände wanderten langsam nach oben zu ihren harten Nippeln und spielten mit ihnen. Ihre Erregung und ihre Laute wurden immer heftiger, hoffentlich würde sich das Pärchen nicht im Hotel beschweren. Sein Schwanz begann zu kribbeln, seine Explosion würde nicht mehr lange dauern. Sein Kopf versank in ihrem Nacken.

„Du bist die geilste Braut, mit der ich jemals gebumst habe", sagte er mit keuchender Stimme.

„Umso besser, aber der Fick deines Lebens kommt erst in einigen Tagen auf dem Berggipfel", sagte sie geheimnisvoll.

„Jetzt spritze ich dich gleich voll", flüsterte er ihr ins Ohr und seine Stöße wurden so schnell wie ein Presslufthammer.

Grinsend nahm sie noch war, wie das ältere Paar an dem Eingang der Dampfsauna vorbeilief.

Vielleicht befürchteten sie ein Unglück, dachte sie verschmitzt, als sie merkte, dass er mit einem lauten Schrei „kam". Er zuckte am ganzen Körper und stieß so tief und schnell, dass sie fast zeitgleich kam. Als sie wenige Sekunden später merkten, dass nicht nur ihre Beine, sondern der ganze Körper zitterte, setzten sie sich wieder auf die nassen Bänke und lehnten sich erschöpft an die feuchte Wand.

„Ein Handy klingelt!", hörten sie auf einmal grinsend die ältere Dame im Raum schreien.

„Gut, dass du keinen Ständer mehr hast", sagte Helena lächelnd, als er nackt nach draußen stürmte, um sich ein Handtuch um die Hüften zu legen. Eine Minute später kam er mit seinem Mobiltelefon zurück.

„Komm mit nach draußen", sagte er. „Ich hab die MMS von Alex bekommen."

„Sofort", sagte sie und spritzt sich mit einem Schlauch im Raum die Spermareste von ihrem Hintern weg.

„Ich muss das gut abspülen", sagte sie lachend, „sonst

rutscht noch jemand darauf aus und wir bekommen noch eine Anzeige verpasst."

Er musste auch lachen über ihren trockenen Humor in Anbetracht der „glitschigen" Umstände.

„Hallo, mein Liebes. Nein, wir sitzen beim Essen", sprach er in sein Handy.

„Zwei Bilder habt ihr gefunden, super! Ich werde die Datei gleich öffnen."

Dann zog er Helena mit in den Ruheraum, da sich die anderen verzogen hatten. Sie legten sich auf die Ruheliegen und er spielte mit seinem Gerät, bis er wieder in die Muschel sprach: „Schatz, ich ruf dich in ein paar Minuten zurück, ich weiß nicht, wie ich die Datei öffnen muss." Dann legte er auf.

„Jetzt sollte man nur noch wissen, wie man mit den Spielzeugen hier richtig umgeht", meinte er zu Helena, die entspannt auf der Liege lag und ihm amüsiert zusah.

Dann nach einigen Minuten, sie war zwischenzeitlich eingeschlafen, sah er ein Bild mit einem Trio auf dem Bildschirm. Zwei Männer und eine Frau an einer Après-Bar nach dem Skilaufen. Ein Mann war für ihn nur interessant, der Typ, der rechts außen stand, und die beiden anderen mit seiner Größe überragte. Er hatte ein Stirnband und Sonnenbrille an, deshalb war sein Gesicht nicht eindeutig zu sehen. Dann wischte er zum nächsten Bild, seine Gesichtszüge erhellten sich.

„Schau!", sagte er zu Helena und rüttelte an ihrem Unterarm.

„Was ist denn?", sagte sie schlaftrunken.

„Schau auf den Monitor bitte", antwortete er und hielt ihr den 4,3-Zoll-Bildschirm vor die Nase.

„Wer soll das sein?", sagte sie und rieb sich die Augen.

„Na also, erkennst du den Kerl nicht? Ich verwette mein Haus in Kempten, dass das der Typ ist, den wir in dem Lokal gesehen haben!

Alex hat es mir zugeschickt, es sind zwei Bilder vom Skiurlaub auf Ischgl, wie er es mir gestern versprochen hatte. Jetzt kriegen wir den Dreckskerl so sicher wie das Amen in der Kirche."

34. Kapitel

Kolbermoor, sechzehn Uhr zehn.

„Hallo, Peter, was gibt's?", fragte Mark Deckert, als ihn sein Freund und Auftraggeber Peter Palmer auf dem Handy erreichte.

„Mark, bist du daheim in deiner Wohnung?"

„Ja, höre gerade Bundesliga und liege auf dem Balkon, warum?"

„Hast du Lust auf eine kleine Spritztour?"

„Wohin?"

„Nach Prag."

„Warum Prag? Wir könnten doch auch nach Paris?"

„Mark, ich mein es im Ernst. Heiße Sache, ich erklär dir alles im Auto. Ich brauche so einen kräftigen, zähen Hund wie dich als Unterstützung."

„Und was machen wir da?"

„Eine wunderschöne Frau von Bad Aibling aus dem Rotlichtmilieu zurückholen!"

„Und wie lange bleiben wir dann dort?"

„Schätze nur ein oder zwei Nächte. Nimm das Nötigste

mit."

„Alles klar, das heißt auch zwei Fünfundvierziger mit genügend Munition?"

„Du hast es prima richtig erkannt. In gewissen Situationen wären unsere Box- und Karatekünste allein eventuell zu wenig!"

Eine Minute später stand er vor seinem Haus.

35. Kapitel

Bad Aibling, sechzehn Uhr zwanzig.

Franz Binder hatte wie alle vierzehn Tage seinen Wochenenddienst auf der Polizeidienststelle in Bad Aibling. Er war dreiundfünfzig und dreißig Jahre Polizeidienst hatten deutliche Spuren an ihm hinterlassen. Von einer Schlägerei mussten vor fünf Jahren einige Zähne erneuert werden, und seit einem Schusswechsel vor knapp einem Jahr, hatte er ein nachziehendes Bein. Der Schuss ging ins Knie und trotz sofortiger OP und Reha gab es seitdem

Bewegungseinschränkungen. Nur für eine vorzeitige Pensionierung „reichte" es nicht. Einziger Vorteil, er wurde vorwiegend nur noch im Innendienst eingesetzt und musste sich mit dem Pöbel auf der Straße nicht mehr rumärgern. In den letzten Jahren hatten die Übergriffe gegen Polizeibeamte auch in Oberbayern drastisch zugenommen. Er war einer von sieben Beamten, die heute Dienst hatten. Sechs im Außendienst und zwei auf der Dienststelle. Zu allem Überfluss war auch noch vor einer Stunde sein Chef Oberberger ins Büro gekommen, aufgrund eines heiklen Einsatzes auf einem Volksfestplatz in Tuntenhausen. Dort gab es anscheinend eine Massenschlägerei und er musste Verstärkung aus Rosenheim anfordern.

„Binder, Polizeidienststelle Bad Aibling", meldete er sich, als eine Stunde vor seinem Dienstschluss ein Anruf kam.

„Woher rufen Sie an, aus Prag? Den PI-Leiter wollen Sie sprechen, der telefoniert momentan. Nein, ich seh, er legt gerade auf, ich stelle in sein Büro durch."

„Oberberger, Inspektionsleitung", hörte er noch, wie sein Chef abnahm, dann machte er seine Bürotür zu.

„Wie ist Ihr Name, Eckstein? Ist ja interessant, was Sie da erzählen. Verhalten Sie sich ruhig, ich werde alles

Notwendige in die Wege leiten. Kontaktieren Sie nicht die Polizei aus Prag, die bereitet Ihnen nur Ärger. Ich sende Ihnen jemand von deutscher Seite aus dem Grenzgebiet. Die Kollegen haben mit uns schon hervorragend zusammengearbeitet. Behalten Sie die Ruhe und Nerven, die Hilfe naht."

Dann legte er auf.

Oberberger kratzte sich an seiner Glatze. Das Pech des Jungen war, dass er zur falschen Zeit am falschen Ort die falsche Person erreicht hatte. Er griff zwei Minuten später wieder zum Hörer, wählte aber keine deutsche, sondern eine tschechische Nummer.

Nach dem Telefonat lächelte er zufrieden und ging.

36. Kapitel

Prag, Sonntag, vierzehn Uhr dreißig.

Tina Probst hatte den weiteren Verlauf des Morgens noch gut zu Ende gebracht. Nachdem Marco gegangen war, wurde sie wieder an der Bar eingesetzt und hatte noch einen etwas angetrunkenen Gast zu „bedienen", der noch eine Handbefriedigung wollte. Nach Geschäftsschluss um vier wurde dann noch die Kasse überprüft und etwas aufgeräumt, sodass sie gegen fünf endlich ins Bett konnte. Um vierzehn Uhr fünfunddreißig hämmerte es dann gegen die Tür. Kurz danach drehte sich der Schlüssel und Jana betrat das Zimmer.

„Guten Morgen, Tina, gut geschlafen?", fragte sie auffallend freundlich.

„Morgen, ja, ganz gut. Ich merke aber, dass die Wirkung der Spritze wieder langsam nachlässt."

„Ich lasse dir was hier, dann wirst du wieder ruhiger."

„Wart ihr zufrieden mit gestern Abend?" Wenn jemand gesehen haben sollte, was sie Marco in die Hosentasche gesteckt hatte, war sie bestimmt verloren.

„Absolut zufrieden. Du bekommst morgen und heute frei. Morgen kannst du dann mit Elena in die Stadt gehen, Tomas wird euch begleiten. Und heute kannst du mal zum Relaxen in unseren schönen Wellnesstempel, der ist nur für euch Mädchen bis zum späten Abend reserviert."

Die Sauna bestand aus Whirlpool, zwei kleinen Saunen, Ruheraum und drei Massageliegen.

„Und dann noch eine gute Nachricht: Um zwanzig Uhr kommst du in einen anderen Club in der Neustadt, das ist eine Tabledance-Bar, da musst du auch nicht mehr mit anderen Gästen bumsen. In dem Schuppen wird nur animiert und gestrippt, dass gefällt dir bestimmt."

Das klang für Tina nur im ersten Moment gut, aber würde sie Marco finden, wenn er die Nachricht las? Dann müsste er heute noch vielleicht mit der Polizei bis zum Abend auftauchen.

„Also, wenn du in die Sauna willst, ruf unten an. Elena begleitet dich dann. Bis später."

Dann verließ sie das Zimmer.

Tina beschlich ein mulmiges Gefühl. Konnte sie den Aussagen wirklich trauen, oder hatten die ganz was anderes mit ihr vor? Die Frau war bestimmt genauso verlogen wie alle, die hier was zu sagen hatten. Vielleicht ergab sich von der Sauna aus eine Flucht, sie würde auf jeden Fall runtergehen, zumal sie auch noch andere Mädchen sehen konnte, die sie bisher noch nicht kannte. Sie zitterte immer mehr und setzte sich eine Spritze. Die Wirkung stellte sich sofort ein, dann machte sie sich einen Kaffee. In der Küche nahm sie das Besteck genauer unter die Lupe. Alles Plastikbesteck, mit einer Ausnahme! Sie entdeckte einen alten Dosenöffner, wie ihn früher noch ihre Oma benutzte. Ein Griff und ein Haken oben, der in das Blech reingeschlagen wurde, bevor man ihn im Kreis dreht. Beim genaueren Betrachten stellte sie fest, dass das Teil als Waffe vielleicht unter Umständen zu gebrauchen wäre. Der eiserne Haken oben hatte eine Länge von fast zwei Zentimeter und war ziemlich scharf. Vorsichtig sah sie sich um, dass keine Kamera sie erfassen konnte, bevor sie das Teil einsteckte. Sie beschloss die kleine „Waffe" mitzuführen, wer weiß, für was es mal gut sein konnte. Nachdem sie zwei Tassen Kaffee und ein Ei mit Brot gegessen hatte, rief sie unten an, dass sie gern in die Sauna gehen würde. Zwanzig Minuten später, kurz vor vier, kam dann Elena und begleitete sie runter.

„Handtücher, Badeschlappen und Mantel ist alles unten", sagte sie zu ihr.

Als sie die Sauna betraten, waren noch fünf weitere Frauen in dem circa dreihundert Quadratmeter großen Wellnessbereich. Drei davon hatte Tina noch nie gesehen, seit sie hier war. Einige beäugten sie misstrauisch, wahrscheinlich hatten sie genauso wie Tina Angst, dass ein „Maulwurf" eingeschleust wurde, dem nicht zu trauen war.

„Okay, du kannst dir bis Viertel vor acht Zeit lassen, dann solltest du fertig sein, wenn wir dich in die Neustadt rüberbringen. Ich hol dich dann kurz vor acht und nehme deine Utensilien mit vom Zimmer, es ist ja eh nicht viel. Viel Spaß."

„Danke, bis später", sagte Tina, zog sich aus und duschte. Es sollten ihre letzten angenehmen Stunden in Prag sein vor einer blutigen Nacht.

37. Kapitel

Es regnete in Strömen gegen achtzehn Uhr, als Marco mit seiner Mutter noch eine angeregte Diskussion führte.

„Lass uns doch früher fahren bei dem Scheißwetter, Marco, wenn die Straßenverhältnisse eh schon so schlecht sind."

„Ich muss ihr um zwanzig Uhr was vorbeibringen, koste es, was es wolle", sagte er fast trotzig. Er war sich nicht sicher, ob er sie über den ganzen Fall aufklären sollte. Womöglich bekam sie dann so viel Angst, dass sie noch viel schneller wegwollte.

„Okay, aber du musst mir versprechen, wirklich sofort zu kommen, wenn du ihr deine Nummer gegeben hast. Versprichst du mir das?"

„Ehrenwort, Mama, du wartest nicht länger als fünf Minuten im Auto."

Seine Oma machte noch eine kleine Brotzeit. Die Fahrt von Prag nach Hof dauerte in der Regel circa dreieinhalb Stunden. Um neunzehn Uhr dreißig, während sie noch Tee tranken und etwas TV sahen, bekam er eine SMS. Dieser Detektiv Palmer hatte von Petra Probst seine Nummer bekommen und schrieb ihm.

„Sind laut Navi in circa fünfunddreißig Minuten am Crazy Horse, sollte kein Stau mehr kommen!" Das sah zumindest gut aus, hoffentlich hatten die zwei Typen was drauf, wenn es hart auf hart ginge, hoffte er. Sie waren rasant gut auf der Strecke, die Entfernung von Rosenheim nach Prag betrug etwas über fünfhundertfünfzig Kilometer. Marco und seine Mutter arbeiteten in Hof beide im gleichen Betrieb, einer großen Elektronikkette. Sie war in der Verwaltung, er im Verkauf bei den weißen Teilen, das waren Waschmaschinen, Trockner und so weiter. Nur ihr hatte er es vor allem zu verdanken, dass er dort einen Ausbildungsplatz bekam, da sie dieses Jahr schon fünfundzwanzigjährige Betriebszugehörig-keit hatte.

„Lass uns fahren", sagte er dann zu ihr um zehn vor acht. „Wir brauchen knapp acht Minuten zur Altstadt."

Sie umarmten und verabschiedeten sich von ihrer Mutter und versprachen so schnell wie möglich wiederzukommen. Ihr Gepäck hatten sie bereits nachmittags ins Auto geladen und konnten gleich losfahren.

Es war kaum Verkehr auf den Straßen und sie schafften die anderthalb Kilometer in knapp fünf Minuten. Als sie kurz vor acht parkten, war kaum ein Auto vor dem Nightclub. Es war alles hell erleuchtet und er lief zum Eingang. Noch drei Minuten bis zur Öffnung, sollte er hier solange warten? Er beschloss mal um das Gebäude zu laufen und machte seiner Mutter ein Zeichen. Als er den Komplex halb umrundet hatte, stand er vor einer Schranke. Er war vor dem Hinter- und Lieferanteneingang angelangt. Nur mit einer Chipkarte konnte die Schranke geöffnet werden. Neben der Schranke ging aber ein schmaler Weg vorbei, der auch ins Innere des Hofes führte. Er zog sein Smartphone und tippte Palmer eine SMS, wo er sich befand. Dann sah er, dass sich die Tür des Hintereingangs öffnete. Er presste sich an einen schmalen Mauerspalt unmittelbar neben der Schranke. Zwei Männer, Tina und eine weitere blonde Frau traten aus dem Haus!

„Wollten sie sie wegschaffen?", fragte er sich. Er sah, dass alle vier in einen großen VW Touran stiegen. Die Zeit drängte, hoffentlich kamen die Typen aus Oberbayern gleich, mit seiner Mutter konnte er unmöglich das Fahrzeug verfolgen. Marco erkannte einen der beiden Männer, es war der grobschlächtige mit der Kapuze, der ihm gefolgt war. Der andere war etwas kleiner und setzte sich neben Tina auf den Rücksitz. Die blonde Frau nahm vorne Platz. Er musste hier schleunigst weg, sonst würden sie vor seiner Nase vorbeifahren. Er huschte schnell von der Wand weg und ging aus der Hofeinfahrt raus. Der Touran startete und fuhr auf die Schranke zu. Als Marco um die Hausecke lief, blieb er wie angewurzelt stehen, zwei große, dunkle Männer versperrten ihm den Weg!

38. Kapitel

Zwei Stunden vorher, in der Sauna vom Crazy Horse.

Tina entspannte sich so gut wie möglich und hoffte, dass Marco die Nachricht entdeckt hatte. Was würde er tun, wenn er die Nachricht las? Hatte er sie überhaupt entdeckt? Sie lag auf einer Liege im kleinen Ruheraum und neben ihr hatte sich eine Frau mit rotbraunem Haar hingelegt und starrte zur Decke.

„Bist du schon lange hier?", fragte sie die hübsche Frau Anfang dreißig und stellt sich als Nicole vor. „Erst die zweite Woche und du?"

„Schon vier Monate, für so ein Etablissement eine lange Zeit."

Von dem Dialekt her erkannte Tina, dass sie aus dem schwäbischen Raum stammte, vielleicht Ulm oder Stuttgart.

„Gehst du dann mit in die Dampfsauna?", fragte sie.

„Ja gern", antwortete sie sofort.

Die Frau kam ihr sympathisch vor, vielleicht konnte sie mehr in Erfahrung bringen. Sie hatte das Gefühl, obwohl sie nichts entdecken konnte, dass sie hier im

Ruheraum vielleicht abgehört wurden. Sie verließen den Raum, legten ihre Bademäntel vor der Sauna ab und setzten sich auf die nasse Sitzbank. Außer ihnen war niemand im Raum.

„Hör zu, Tina, in den beiden Saunen kann nicht abgehört werden, in der Feuchtigkeit funktioniert die Elektronik nicht! Sollte eine andere Frau hier reinkommen, wechselst du sofort das Thema. Hier kann man niemand trauen, ich wurde schon einmal drei Tage in das Kellerverlies gesperrt, als ich mit einer hier einen Fluchtversuch wagte."

„Wurdest du auch verschleppt?"

„Ja, ich wurde bei einer Wanderung an einem See im Allgäu betäubt und war zwei Tage später hier. Und ich bin nicht die Einzige, es waren einige andere hier, denen ist das Gleiche passiert!"

Tina konnte es nicht fassen: „Und arbeiten die auch noch hier?"

„Eine ließ sich trotz Drogen und Schlägen nicht züchtigen, die haben sie umgebracht und in den Chiemsee geschmissen. Ich weiß nicht, mit wie vielen anderen sie das auch gemacht haben. Das ist ein Kartell, die arbeiten mit der russischen und auch der deutschen Rotlichtszene zusammen. Was ich mitbekommen habe, stecken auch einige Politiker und namhafte Geschäftsleute in dieser mafiaähnlichen

Struktur."

„Gibt's keine Hilfe von außen?"

„Du musst hier wahnsinnig aufpassen, wem du hier was erzählst. Ich habe bei dir gestern Nacht mitbekommen, dass du dich mit dem netten jungen Mann so gut verstanden hast. Das hat mir die Jasmin erzählt, das ist die Einzige, der ich hier außer dir traue."

„Ich werde heute in knapp einer Stunde von hier verlegt, was hat das zu bedeuten?"

„Nichts Gutes, das Gleich machen sie mit mir!"

„Was, dann bringen sie uns zu zweit weg?"

„Ja, deshalb ist es gut, dass ich dich jetzt hier treffe. Pass auf, ich glaube, sie führen nichts Gutes mit uns im Schilde. Wir müssen eine Flucht wagen, sonst kann es zu spät sein."

„Meine Hoffnung liegt bei Marco, er hat eine Nachricht gestern von mir bekommen."

„Dann glaub ich mit Sicherheit, dass Hilfe kommt, der Junge hat sich in dich verliebt, das könnte uns retten. Folgendes, wir haben nicht mehr viel Zeit, sonst wird es auffällig, wenn wir hier zu lange sitzen. Auf der Fahrt haben wir vielleicht fünf bis zehn Minuten Zeit, die müssen wir nutzen. Ich habe eine Nagelfeile, hast du auch was, was du als Waffe benutzen könntest?"

„Ich habe einen Dosenöffner mit einer recht langen Stahlspitze."

„Super, das reicht. Wenn ich gekünstelt niese, schlagen wir zu. Wir rammen dann die beiden Teile den Schweinen ins Gesicht. Im Straßenverkehr können sie ja nicht sonderlich schnell fahren, wenn wir einen Unfall verursachen, müssen wir hoffen, das wir ohne allzu große Blessuren davonkommen."

„Und wenn es nicht klappt?"

„Dann gnade uns Gott!"

39. Kapitel

Als Marco vor den beiden Männern stand, wusste er, dass er keine Chance hatte. Sie wirkten groß, kräftig und drahtig und wirkten, als hätten sie große Kampferfahrung.

„Bist du Marco Eckstein", fragte der Größere von beiden. In diesem Moment fiel ihm ein Stein vom Herzen. Die Männer waren die ersehnte Hilfe aus Oberbayern!

„Ja, und ihr seid die Detektive aus Bad Aibling!"

„Korrekt", bestätigte der smarte Typ. „Ich bin Peter Palmer und das ist Mark Deckert. Ist die Tina hier in dem Schuppen?"

In diesem Moment ging die Schranke hoch.

„Schnell, wo ist euer Fahrzeug?" „Sie fahren mit ihr davon!"

„Der Audi gegenüber!", schrie Palmer und rannte auch schon los zum fünfzehn Meter entfernten Parkplatz.

Der VW Touran konnte noch nicht sofort los, weil er bei der Hauptstraße auf den vorbeifahrenden Verkehr achten musste. Diese Zeitverzögerung reichte den dreien. Als der VW aus der Einfahrt preschte, hefteten sie sich gleich an ihn. Nur ein silberner Škoda trennte sie, was aber kein Nachteil war, dadurch fiel nicht auf, dass ihnen ein Fahrzeug folgte.

40. Kapitel

Als der VW Touran die Schranken passierte, sahen sich Nicole und Tina kurz an. Jetzt galt es umzusetzen, was sie in der Sauna besprochen hatten. In den wenigen Minuten, die sie im Auto saßen, mussten sie zuschlagen. Ihre zweite Hoffnung war Marco, der hoffentlich zur Stelle war und Hilfe organisiert hatte. Tomas, der Fahrer, warf schon argwöhnisch einen Blick nach hinten und sah in den Rückspiegel, ob ihnen auch keiner folgte. Sie fuhren aus der Einfahrt raus Richtung Karlsbrücke, überquerten sie aber nicht, sondern fuhren unmittelbar vor der Brücke rechts Richtung Haus der Künstler. Vorsichtig sah Tina, die vorne saß, auf den äußeren Rückspiegel. Trotz der Dämmerung glaubte sie einen Audi mit „RO" zu erkennen. Ihr Herz hämmerte, jemand aus ihrer Region? Nahte endlich Hilfe? Vielleicht hatte dies auch Tomas, der Fahrer, gesehen, auf einmal sagte er auf

Tschechisch was zu seinem Kumpan Iwan nach hinten. Der murmelte etwas vor sich hin und drehte dann seinen Kopf nach hinten. Vielleicht gibt es im Leben einen dieser besonderen Zufälle, die über Leben und Tod entscheiden können, dachte sich Tina, als zwei Jugendliche fast provozierend langsam die Straße überquerten. Achtzig Meter vor einer Brückenüberquerung auf Höhe der Universität Karlova hupte Tomas wie wild, um die Kids zu mehr Tempo zu „bewegen". Die zwei liefen aber unbeeindruckt weiter, vielleicht waren sie auch betrunken. Es gab nur zwei Alternativen für den Fahrer, über den Haufen fahren oder scharf bremsen und stark auf die Seite ausweichen. Tomas entschied sich für Letzteres, das war das Signal für Nicole. Jetzt oder nie! Tomas bremste extrem stark ab und schlug das Steuer nach außen, dadurch geriet der VW etwas ins Schlingern. Nicole hustete laut, das Signal während er gegenlenkte. Blitzschnell schlugen beide Frauen ihre griffbereiten Waffen zu den Köpfen ihrer Peiniger. Iwan, der hinten saß, war durch das Schlingern des Fahrzeugs Sekundenbruchteile abgelenkt und sah nur noch, als der Dosenöffner von Tina sich auf Stirnhöhe ins Fleisch seines Kollegen bohrte. Als er einen Schrei ausstoßen wollte, spürte er nur noch, wie ein spitzer Gegenstand in seiner Backe brachial einschlug. Blut spritzte, seine Hand griff an die Wange und er brüllte wie am Spieß. Tomas, der Fahrer, schrie ebenfalls wie von Sinnen, als die Hakenspitze des Dosenöffners ihn unterhalb der Schläfe traf. Er verlor die Kontrolle über sein Fahrzeug und griff sich mit einer Hand an die blutende Wunde. Panisch griff Iwan trotz des Einstiches nach vorne und versuchte das Lenkrad zu erreichen, da sein Partner nicht mehr in der Lage war zu steuern. Nicole hielt die blutende Feile nach wie vor krampfhaft in der Hand und stach erneut zu. Wieder bohrte sich die Feile in die Haut und seitlich in seinen Hals. Er heulte wie ein angeschossenes Tier auf und fiel wieder nach hinten. Wenige Meter vor der Brückenquerung über die Moldau prallte der Wagen gegen einen Betonpfeiler und überschlug sich und rollte wie ein kugelnder Felsen das Moldauufer hinunter. Alle schrien panisch im Auto, als der Wagen den Abhang runterkugelte und unmittelbar am Wasser erst auf dem Dach stehend zum Stillstand kam.

41. Kapitel

Nur knapp fünfzig Meter dahinter verfolgten Palmer, Deckert und Marco gebannt und atemlos das Geschehen. Sie mussten selber eine Vollbremsung einlegen, um ihrem Vordermann nicht aufzufahren. Der Škoda vor ihnen bremste ebenfalls geistesgegenwärtig und prallte dabei gegen die Bordsteinkante, kam dann aber zum Stehen. Die drei sahen, wie der VW Touran sich überschlug und den Abhang zum Moldauufer runterkugelte und unten auf dem Dach stehen blieb. Palmer stellte seinen Audi TT an eine Bushaltestelle und alle drei stürmten aus dem Fahrzeug Richtung Ufer. Sie mussten an der grasbewachsenen, steilen Böschung selbst sehr vorsichtig gehen, um nicht ins Straucheln zu geraten. Palmer erkannte, dass ein blonder kurzgeschorener Mann sich aus dem zersplitterten Fenster zwängte. Fast die Hälfte seines Gesichtes war voller Blut. Trotzdem zog er noch einen Revolver aus der Tasche und entsicherte.

„Er hat eine Pistole in der Hand!", schrie auch Marco, der das sah.

Dann zerrissen drei Schüsse die beginnende Dunkelheit. Palmer hatte seinen Fünfundvierziger ebenfalls gezogen und nicht lang gefackelt, bevor der

Killer ins Fahrzeuginnere oder auf den Tank schießen konnte. Eine Kugel traf den Blonden in die Schulter, die zweite riss ihm einen Teil des Schädels weg. Wenige Sekunden später war Marco als Erster bei dem Auto und hörte die stöhnenden Frauen. Der zweite Mann lag blutüberströmt mit dem Kopf zwischen Lenkrad und Türrahmen und regte sich nicht mehr. Beide Frauen waren blutverschmiert, aber bewegten sich. Als sie versuchten den Frauen aus dem Wrack zu helfen, hörten sie die lauten Sirenen von Sanitäter und Polizei.

42. Kapitel

Bad Aibling. Sonntagabend um zweiundzwanzig Uhr.

Bierbichler war sichtlich angefressen, als er erfuhr, dass Palmer und sein Kollege auf eigene Faust nach Prag gefahren waren. Wollte der Kerl den Helden spielen oder war er gierig auf die Belohnung? Wahrscheinlich beides, vermutete er. Sicher, er wäre nicht mitgefahren, aber sie hätten ihn trotzdem im

Vorfeld über ihre Aktion informieren können. Aber sie brauchten trotz allem Hilfe, und zwar von deutscher Seite. Bestürzt hatte er vor wenigen Minuten erfahren, was sich dort abends abgespielt hatte. Wichtig war, dass die jungen Frauen am Leben waren. Die Verbrecher hatten das bekommen, was sie verdient hatten, den Tod. Auch wenn der Tod der beiden nur ein „Tropfen auf dem heißen Stein" war, würde vielleicht dadurch eine Lawine ausgelöst werden, hoffte er. Vor allem dass Nicole Hanke gefunden wurde, erfreute ihn riesig, war sie doch diejenige gewesen, die im Frühsommer der Auslöser der Entführungen und für den späteren Fund der Leichen am Schrecksee war. Trotz später Stunde beschloss er Rainer Hagedorn anzurufen. Sein ehemaliger Kollege aus Kempten war sein Nachfolger und die beiden waren darüber hinaus befreundet. Er bearbeitete den Schrecksee-Fall auch mit Hilfe einer überregional gegründeten Soko weiter. Um zweiundzwanzig Uhr dreißig rief er ihn auf seinem privaten Handy an.

„Hallo, Rainer, Sepp hier."

„Hey, Sepp, dachte eben, ich seh nicht recht, als ich dich auf dem Display als Anrufer sah. Was verschafft mir die Ehre zu später Stunde? Was macht die Kur?"

„Rainer, die Kur ist vorerst nebensächlich, deshalb würde ich dich nicht zu so später Stunde noch anrufen. Es geht um was viel Wichtigeres."

„Bin gespannt und ganz Ohr."

Dann erzählte er ihm, was sich vor allem in den letzten achtundvierzig Stunden so alles abgespielt hatte.

„Das ist ja der Hammer, Sepp, das wird uns einen riesigen Schritt weiterbringen in dem verworrenen Fall. Vor allem dass die Nicole Hanke gefunden wurde, lässt die ganzen Zusammenhänge des Falls in einem völlig neuen Licht erscheinen. Vielleicht gibt es nicht nur Verbindungen zwischen Schwaben und Oberbayern, sondern mit ganz Bayern, womöglich ein nationaler Fall."

„Ja, alles möglich, Rainer, aber erst mal gilt es, das Problem mit dem Detektiv zu lösen. Die Prager Polizei wird ihn und seinen Kollegen bestimmt länger festhalten oder ihn in Untersuchungshaft stecken, wenn wir von deutscher Seite da nicht eingreifen."

„Du meinst also, ich soll morgen mit Prag telefonieren?"

„Telefonieren ist viel zu wenig, das wird nicht viel bringen. Du musst am besten den BKA-Chef und den Innenminister informieren, dass eine Delegation von uns dort hinfährt!"

„Hm, den BKA-Chef krieg ich bestimmt dazu, aber ob sich der Innenminister sich des Falles so intensiv annimmt, halt ich für sehr fraglich."

„Auch müsst ihr morgen sofort eine schnelle Großfahndung nach diesem Pascal Kollmannsberger einleiten, wenn der erfährt, was sich in Prag abgespielt hat, versucht er bestimmt das Land zu verlassen, weil ihm der Boden hier zu heiß wird."

„Ich werde alles Notwendige in die Wege leiten, Sepp, ich fahr auf jeden Fall nach Prag, egal mit wem. Die Kollegen da drüben sind eh mit besonderer Vorsicht zu genießen. Teile der Politik und des Polizeiapparates gelten als korrupt und könnten mit diesem Kartell, oder wer auch immer dahinter steht, unter einer Decke stecken!"

„Gut, Rainer, halt mich auf dem Laufenden und wenn ihr auf der Rückfahrt von Prag seid, schau mal kurz vorbei in Bad Aibling."

„Mach ich, Sepp, schlaf gut."

43. Kapitel

Prag, Montagvormittag, elf Uhr.

Palmer, Deckert und Marco wurden am Abend zuvor von der Polizei in Prag in Gewahrsam genommen. Kurz nachdem sie aus dem Autowrack die verletzten Frauen herausgezogen hatten, kamen Sanitäter und ein Dutzend Polizisten an den Unfallort. Nachdem die Polizei sofort einen Bandenkrieg vermutete, wurden die drei auf der Stelle verhaftet und aufs Polizeirevier in die Altstadt gebracht. Zusätzliches Problem war, dass keiner der Polizisten mehr als fünf Worte Deutsch sprach. Das sollte sich jetzt ändern, der Polizeichef Pavel Nedved sprach fast akzentfreies Deutsch und hatte alle drei vor sich sitzen im Verhörraum.

„Und ihr wollt mir also allen Ernstes erzählen, dass diese verletzten Frauen aus eurem Land verschleppt und gezwungen wurden, das zu machen?"

„Sie werden die nächsten Stunden hören und sehen, dass alle unsere Angaben stimmen", antwortete Palmer. „Wollen Sie uns nicht endlich diese dämlichen Handschellen abnehmen?"

„Solange die Sachlage nicht geklärt ist, mache ich gar nichts. Heute früh hat einer von der Kripo in Kempten angerufen und mitgeteilt, dass voraussichtlich morgen oder übermorgen der bayerische BKA-Chef mit einem Kripobeamten kommt. Es ist auch gar nicht bewiesen, ob es wirklich Notwehr war, dass Sie den Mann am Boden liegend so hingerichtet haben. Der war ja schon vor den Schüssen schwer verletzt. Also, glaubt ja nicht, dass ihr hier ungeschoren davonkommt. Ihr habt hier auf tschechischem Gebiet ermittelt und euch in Sachen eingemischt, die nur die Polizei bearbeiten darf."

Sie saßen im zweiten Stock des Polizeipräsidiums von Prag. Wie die letzten Tage war beim Blick aus dem Fenster der Himmel dunkel und düster mit leichtem Nieselregen. Allen dreien wurden beim Eintreffen der Polizei am gestrigen Abend die Waffen, Handys und Pässe abgenommen.

„Darf ich wenigstens meine Mutter anrufen?", fragte Marco.

„Sie hat vor dem Eingang auf mich gewartet, bevor wir die Verfolgung aufnahmen. Sie macht sich bestimmt große Sorgen. Ich weiß auch gar nicht, ob sie in Prag geblieben ist oder nach Hause fuhr."

„Das war ein weinroter Fiesta mit Hofer Kennzeichen, dunkelhaariger Frau, Mitte vierzig?"

„Ja, hat sie sich gemeldet?"

Es war, als würde ihm jemand mit dem Messer ins

Herz stechen, als er die Antwort hörte.

„Nein, sie hat sich nicht gemeldet, sie wurde von einer Spaziergängerin in dem Fahrzeug entdeckt, gegen dreiundzwanzig Uhr. Verblutet, mit aufgeschnittener Kehle!"

44. Kapitel

Samstag, fünf Tage später in Bad Aibling.

Um neun Uhr bedienten sich im Hotel Kindl Sepp Bierbichler und Helena am Frühstücksbuffet. Helena hatte die gestrige Nacht bei ihm im Hotel verbracht, da sie beschlossen hatten, an ihrem letzten gemeinsamen Wochenende einen Ausflug auf die Kampenwand zu machen. Der Berg war einer der beliebtesten Ausflugsziele im Chiemgau und war seit über sechzig Jahren durch eine kleine Kabinenbahn erschlossen. Als sie am Tisch saßen und aßen, zeigte sich beim Blick aus dem Terrassenfenster das Wetter von seiner schönsten Seite. Die Blätter der Bäume waren herbstlich gefärbt und der Himmel zeigte sich stahlblau ohne eine einzige Wolke. Die Temperaturen lagen bei knapp zwanzig Grad und sollten im Laufe des Tages noch um vier bis fünf Grad steigen. Auch auf fünfzehnhundert Metern Höhe wurden zwischen siebzehn und zwanzig Grad vorausgesagt.

„Ein schöneres Abschlusswochenende hätten wir gar nicht kriegen können", meinte Helena beim Blick ins Freie.

„Ja, traumhafter Abschluss eines schönen Kuraufenthaltes, vor allem durch dich!"

„Danke, Sepp, für die Blumen, aber noch ist ja nicht alles zu Ende. Was hat denn dein Kollege Hagedorn gestern am Telefon erzählt, als er dir von Prag berichtete?"

„Erst gestern haben sie die drei freigelassen in Prag. Er konnte erst Donnerstag mit dem BKA-Chef anreisen, weil der vorher nicht konnte. Ich denke, er wurde vermutlich noch von höherer Stelle zurückgepfiffen, bis konkretere Ergebnisse des Falles vorlagen. Und als die Kollegen in Prag sich gestern immer noch querstellten, hat der bayerische Innenminister seinen Amtskollegen in Prag konsultiert. Erst nach diesem Gespräch hat man sie noch am gleichen Tag freigelassen. Seit gestern Abend ist Palmer wieder hier. Er hat mich nachmittags auf der Rückfahrt nach Bad Aibling noch kontaktiert."

„Und was hat er erzählt, wie geht es den jungen Frauen?"

„Den Umständen entsprechend relativ gut. Keine trägt irgendwelche bleibenden Schäden davon. Nicole konnte sogar vorgestern aus dem Prager Krankenhaus schon entlassen werden. Sie muss noch drei bis vier Wochen einen Gips tragen, dann müsste ihr gebrochener Arm wieder weitestgehend verheilt sein. Ihr Freund aus Ulm, mit dem ich vor ein paar Monaten auch zu tun hatte, hat sie schon abgeholt. Bei Tina dauert es vielleicht noch ein klein wenig länger. Sie hat außer Schädel-Hirn-Trauma mehrere Frakturen und auch einen Beckenbruch. Ihre seelischen Narben werden langfristig aber größer sein."

„Und was ist mit dem Entführer von Tina? Ist der jetzt verhaftet?"

„Nein, das ist ja das Groteske. Er wurde vorerst wieder auf freien Fuß gesetzt. Die Bilder haben noch nicht ausgereicht, dass sie ihn in der Haft behalten konnten. Gegen Kaution, bezahlt von seinem Vater, wurde er gestern wieder auf freien Fuß gesetzt. Aber der Staatsanwalt meint, laut der Aussage von meinem Exkollegen Hagedorn, dass wir ihn noch dingfest machen können. Es wird in den nächsten vierzehn Tagen zu mehreren Zeugenvernehmungen kommen, unter anderem werden dann auch wir aussagen, Helena!"

„Also, ich muss ehrlich sagen, dass ich den Typen im Tanzlokal nicht so in Augenschein genommen habe wie du. Ich könnte nicht unter Eid aussagen, dass er es war."

Bierbichler gefiel ihre Aussage nicht, aber er würde sie bestimmt nicht überreden gegen ihre Meinung zu sprechen. Dann wechselte er das Thema und fragte sie: „Und wie geht es mit uns beiden weiter? Kommst du zu mir ins Allgäu?"

„Auf Besuch gern, Sepp, aber dauerhaft vorerst bestimmt nicht. Erstens ist im Alltag vieles anders als im Urlaub und außerdem hab ich ja einen guten Job in Berlin, der mir Spaß macht. Ich wüsste auch gar nicht, ob es mir in der Provinz gefällt, vielleicht bin ich mehr Großstadtmensch."

Die zweite Aussage, die ihn heute an ihr störte. Vielleicht waren seine Erwartungen an sie einfach zu groß, vielleicht sah sie das Ganze mehr als Urlaubsflirt und prickelndes Sexabenteuer?

Eine halbe Stunde später saßen sie in Helenas Auto, einem neueren VW Golf, und fuhren nach Aschau. Der beliebte Urlaubsort liegt circa fünfunddreißig Kilometer von Bad Aibling entfernt und ist über die Autobahn nach Salzburg zügig erreichbar. Aufgrund des tollen Wetters gab es wie häufig auf der Strecke zähflüssigen Verkehr. Bei Frasdorf geht es dann von der Autobahn runter und die letzten sechs Kilometer führt eine Landstraße in die beliebte Gemeinde. Idyllisch eingebettet liegt der Ferienort inmitten einer grünen hügeligen Gebirgslandschaft, überragt von der markanten Erhebung der Kampenwand, die mit ihren zackigen Felsspitzen eintausendsechshundertneunundsechzig Meter hoch ist. An der Ortseinfahrt von Hohenaschau war auch die zweite große Attraktion des Ortes, die riesige Festung, zu bestaunen, die etwas oberhalb des Ortes liegt. Kurz nach elf waren sie an der Talstation der Bergbahn angelangt. An der Kasse gab es nur kleine Wartezeiten, sodass sie um halb zwölf oben an der Bergstation aussteigen konnten. Es wehte nur ein leichter Wind, als sie nach dem Ausstieg das grandiose Panorama bewunderten. Beide hatten einen kleinen Rucksack und Getränke dabei, da sie auch beabsichtigten abseits der vielen Wanderer ein kleines Picknick zu machen. An der Sonnenalm, einem Bergrestaurant unweit der Bergstation, hatten sie einen fantastischen Blick auf die Zentralalpen mit den Hohen Tauern, dem Großvenediger, dem wilden und zahmen Kaiser, den Loferer Steinbergen und dem Großglockner, mit dreitausendsiebenhundertachtundneunzig Metern der höchste Berg Österreichs.

„Fantastisch, diese Aussicht!", meinte Helena überwältigt.

„Ja, wir haben den schönsten Tag des Aufenthalts

gewählt", bestätigte Bierbichler. „Bist du vor deiner Reha eigentlich schon mal auf einem Berg gewesen?"

„Nur einmal vor zwölf Jahren, als wir in Garmisch waren, da bin ich auf die Zugspitze gefahren, aber das war dann auch schon alles."

Hand in Hand schlenderten sie entlang des Wanderweges Richtung Steinling-Alm, die sie in knapp fünfundvierzig Minuten erreichten. Vorbei an saftigen grünen Wiesen sahen sie noch einige wenige Sträucher mit gelbem Enzian und blauen Eisenhut, die aber immer mehr verwelkten. Als sie die Alm erreichten, kehrten sie ein und waren froh, überhaupt noch Platz zu bekommen. Die beliebte Alm ist Sommer wie Winter bei Wanderern, Bikern und im Winter bei Skifahrern sehr begehrt.

„Lass uns danach gegenüber auf den großen Wiesenhang gehen und noch eine ausgedehnte Sonnenpause machen", schlug Helena vor, als ihr Radler fast leer war.

„Gute Idee, da sehen wir bestimmt über den ganzen Chiemsee. Und wer weiß, was uns noch so einfällt", meinte Bierbichler grinsend. So viel wie in diesem Kuraufenthalt hatte er die letzten zehn Jahre nicht mehr gebumst.

Als sie ausgetrunken hatten, wanderten sie gemütlich an einer kleinen Kapelle vorbei, schauten kurz rein und liefen dann einen Pfad entlang auf den Rücken des Sutten, der leicht oberhalb der Alm circa einen halben Kilometer südlicher lag. Hier waren nur sporadisch Leute unterwegs, da es weder Alm noch Gipfelziel gab, aber eine klasse Aussicht auf das Bayerische Meer und die Voralpenregion. Hier legten sie ihre Decke aus und Helena zog sich bis auf den Slip gleich alles ganz aus. Sie lagen leicht unterhalb des Wiesenkamms, sodass sie von der Alm aus nicht gesehen werden konnten. Einige Sträucher verschafften zudem etwas „Spannerschutz". Auch Bierbichler fackelte nicht lang und zog sich gleich nackt aus, als er sah, dass sich seine Partnerin so schön freimachte. Als er lag, zog sie auch ihren Slip runter und küsste ihn gleich. Während ihre Zungen miteinander spielten, strichen seine Hände über ihren Po und wanderten aufwärts zu ihren Achseln. Dann gingen sie nach innen und kneteten ihre weichen Brüste. Ihre Nippel standen schon hart, als er sie umkreiste. Dann wanderte ihre Hand an seinen Schwanz, um zu sehen, ob er schon steif genug für seine „Arbeit" war. Wildes Stöhnen zeigte ihre große Lust. Als sie merkte, dass er hart genug war, setzte sie sich auf ihn. Durch ihre nasse Muschi glitt er in wenigen Sekundenbruchteilen ganz rein. Zuerst bewegte sie sich langsam, beugte sich weit nach hinten und stützte sich mit ihren Händen auf dem weichen Gras auf. Bierbichler spürte schon ein langsam nahendes Kribbeln, das ihn auf seinen

Orgasmus vorbereitete. Er wollte aber noch zögern, um vielleicht mit ihr gemeinsam zu kommen. Dann sagte sie einen Satz, der ihn etwas aus der Ruhe brachte:

„Genieße deinen letzten Fick!" Meinte sie, den letzten in den noch wenigen Tagen ihres Aufenthaltes?

Während sich sein Sperma schon fertig auf den Weg zum finalen Höhepunkt machte, sah er noch schemenhaft, wie ein Arm von Helena hinter ihren Rücken griff. Er sah ihr Gesicht an, es verzerrte sich, als ob sie vom Teufel besessen war. Dann kam ihr Arm hinter dem Rücken vor, in der Hand ein Campingbeil!

„Nein!", sagte er unfähig vor Schock, schloss die Augen. Sie würde seinen Schädel spalten beim Aufschlag. Während sich das Beil in der Abwärtsbewegung befand, hörte er nur noch einen ohrenbetäubenden Knall. „Lieber Gott, lass es einen Alptraum sein", flehte er gen Himmel.

Diesmal war es keiner, das Beil fiel neben seinen Kopf, während ein zweiter Schuss die Stille zerriss. Ihre Augen starrten ihn letztmals an, ungläubig voller Entsetzen. Kein Ton kam über ihre Lippen, als sie wenige Sekunden später wie ein nasser Sack auf die Seite krachte.

Erst langsam realisierte er, was sich abgespielt hatte. Er beugte sich hoch, bedeckte seinen feuchten

Schwanz mit seiner Hose und sah auf die tote Frau. Regungslos mit geöffneten Augen lag sie im Gras, während das Blut aus zwei Schusslöchern über ihren Körper lief. Dann sah er einen Mann mit einem Revolver auf sich zulaufen, hastig zog er sich an. Ein Jäger? Nein, es war Rainer Hagedorn, sein ehemaliger Kollege aus Kempten!

„Rainer, wie kommst du hierher? Woher weißt du, wo wir hinwollten?"

„Sei mir nicht böse, Sepp, aber bei unserem letzten Telefonat gestern hab ich dir nicht alles gesagt. Zum Beispiel, dass ich gestern von der Rückfahrt nach Prag nicht nach Hause, sondern nach Rosenheim gefahren bin. Bommer, der LKA-Chef, wollte es auch so, wir haben es erst auf der Rückfahrt besprochen. Er hat sich mit einem Polizeihubschrauber dann nach Augsburg von Rosenheim aus fliegen lassen. Ich hab mir ein Hotel genommen. Und wir haben dich und deinen Kurschatten seit einigen Tagen beschatten lassen."

„Was?"

„Ja, deine liebe Helena mit dem göttlichen Namen ist nämlich alles andere als fromm. Sie ist Geschäftsführerin eines Bordells in Hof, arbeitet aber mehr im Hintergrund. Das aktive Geschäft hat sie vor zehn Jahren beendet. Sie wird schon länger verdächtigt mit den Tschechen in Drogengeschäfte verwickelt zu sein, bisher ohne handfeste Beweise. Allerdings haben wir bis vor wenigen Tagen auch nicht gewusst, dass das ausgerechnet dein Kurschatten ist. Wir waren erst sicher, als wir einen Spitzel auf sie ansetzten und Fotos und Fingerabdrücke hatten, die uns bestätigten, dass es unsere ‚Kandidatin' ist! Ja, auch die Bekanntschaft mit ihr war gerade an dem Abend im Hubertus natürlich arrangiert. Sie sollte diesem Kollmannsberger den Rücken frei halten, während er das Mädchen abschleppte. Du warst ihr von Bildern sicherlich bekannt, von dem Schrecksee-Fall."

„Das heißt, du hast heute gewartet, was wir vorhatten, und bist uns einfach hinterhergefahren?"

„Genau, ich hatte nur Pech, als ich fünf Gondeln hinter euch einstieg, dass kurz vor meinem Ausstieg der Fahrbetrieb kurz stand, weil jemand in die Gondel stürzte und sich verletzte. Das hatte zur Folge, dass ich erst viel später aussteigen konnte und euch erst ausfindig machen musste. An der Alm hatte sich die Bedienung an euch erinnert, das war die Rettung, sonst hättest du jetzt einen zerhackten Kopf und sie hätte dich hier den Hang hinuntergerollt. Dahinter ist alles felsdurchsetztes Gelände. Wenn dich jemand zerschmettert irgendwo gefunden hätte, wäre niemand darauf gekommen, dass du zuvor von einem Beil erschlagen worden wärst, auch kein

Gerichtsmediziner."

Dann bestellten sie einen Polizeihubschrauber und bedeckten die nackte Leiche.

45. Kapitel

Pascal Kollmannsberger legte den Hörer nieder und fluchte: „Verdammte Scheiße!" In den letzten Wochen lief einiges schief. Es war ein Fehler gewesen, sich in Bad Aibling nach einem weiteren Opfer umzusehen, seitdem begannen die Schwierigkeiten. Er musste höllisch aufpassen und untertauchen, sonst war er selbst bald auf der Abschussliste des Kartells. Nur weil die beiden Stümper in Prag versagt hatten, sonst wäre das Ganze gar nicht erst so ins Rollen gekommen. Er holte die nötigsten Sachen aus seinem Schrank und schmiss sie in eine kleine Reisetasche. Er hatte telefonisch einen Flug nach Bangkok geordert und mit Kreditkarte bezahlt. Am Telefon sicherte man ihm einen Expressversand zu, notfalls wäre sein Ticket am Schalter hinterlegt, falls die Zustellung zu spät erfolgen sollte. Er konnte nur noch zwei Stunden auf den

Zusteller warten, sondern müsste er los, weil er sonst zu spät dran wäre. Mit dem Auto benötigte er knapp eine Stunde zum Flughafen, in drei Stunden und fünfzehn Minuten startete die Thai-Airways von Frankfurt. Gott sei Dank hatten sie ihn vor drei Tagen mit einem neuen Pass versorgt, der war so gut, dass keiner ihn bemängeln würde, das hatte bisher immer funktioniert. Er überprüfte sein weiteres Equipment und zwanzig Minuten später klingelte es. Endlich kam der Expressbrief mit dem Ticket. Er ging an seine Sprechanlage: „Ja, wer ist da?"

„Hermes, Zustellservice, Einschreiben für Sie!"

„Einen Moment bitte, ich komm runter ans Tor." Er zog eine Jacke an und steckte eine Walther PPK ein. Dann ging er einen Stock tiefer aus der Eingangstür und lief zehn Meter vor ein eisernes Tor, das nur per Infrarot zu öffnen war. Er sah den Zusteller mit der typischen Bekleidung der Firma durch die Gitterstangen des Tores. Rechts an dem Tor war auch eine verschlossene Stahltür. „Ich mache Ihnen auf zum unterschreiben." Er schloss die Stahltür auf und der Zusteller reichte ihm ein DIN-Kuvert und einen roten Schein in die Hand.

„Bitte rechts oben unterschreiben in die gekreuzte Zeile des Zustellscheines."

Er nahm den Brief entgegen und sah auf den Absender. „Moment, auf dem Br..."

Bevor er das Wort zu Ende sprechen konnte, spürte er einen Schlag aufs Kinn. Blitzschnell hatte der Mann zugeschlagen. Er taumelte von der starken Wucht des Schlages und fiel rücklings nach hinten. Leicht benommen blieb er zuerst liegen, bis der Mann sich über ihn beugte. Er machte das Tor zu und schleifte ihn wieder ins Haus zurück. Dann spürte er einen weiteren Schlag gegen seinen Hinterkopf und ihm wurde schwarz vor Augen.

Als er wieder aufwachte, saß er gefesselt auf einem Stuhl. Mit einem dicken Strick hatte ihm der Mann mehrfach seinen Oberkörper umwickelt, nur seine Unterarme waren nach vorne frei und seine Beine.

„Was willst du von mir?", presste er mühsam hervor.

„Antworten!"

„Was für Antworten?"

Der Mann hatte jetzt eine Skimaske auf und er sah nur seine Augenschlitze.

„Gleich darfst du antworten, ich will dir aber zuerst was zeigen."

Er nahm seine Jacke, die er ausgezogen hatte, und zog eine Gartenschere hervor.

„Weißt du, was das ist?"

„Eine Schere!"

„Richtig, du bist gar nicht so blöd, wie du aussiehst. Aber ganz korrekt ist es eine Gartenschere, damit schneidet man in der Regel auch Gestrüpp oder kleinere Äste ab. Und weißt du, was man damit auch hervorragend abschneiden kann?"

„Nein. Bitte mach mich los. Was soll das?"

„Jetzt fang nicht gleich zu flennen an, bevor wir überhaupt angefangen haben. Damit kann man exzellent Finger abschneiden!"

Pascal Kollmannsberger befiel panische Angst. „Ich hab hier im Tresor einige tausend Euro. Bitte, ich geb sie dir, wenn du mich freilässt."

„Okay, die erste Frage: Hast du vor ein paar Wochen Tina Probst aus Bad Aibling nach Prag verschleppt?"

Er nahm seine rechte Hand und hielt die Schere an den kleinen Finger.

„Probst? Tina? Nie gehört!"

Ein schriller, gellender Schrei hallte durch die Wohnung, als er zudrückte und der Finger am Boden lag. Als nach einer Minute das Schreien in Winseln überging, fragte er erneut:

„Hast du das gemacht?"

„Ja, ich war es. Leg einen Verband an, ich verblute."

„Zweite Frage: Wer ist dein Auftraggeber?"

„Du Schwein, ich verblute, verbinde den Finger."

Da drückte er ein zweites Mal zu und der Ringfinger der rechten Hand fiel auf den Boden. Wieder schrie er wie am Spieß und bettelte:

„Ich halte die Schmerzen nicht mehr aus und verblute. Hör auf!"

„Deinen Auftraggeber oder dein dritter Finger ist dran!" Er nannte ihm einen Namen und begann zu weinen.

„Hast du auch Frauen aus dem Allgäu entführt?"

„Ja, die letzten zwei Jahre, vier Frauen, wir bekommen dafür eine Kopfprämie."

„Wer ist wir? Die Namen?"

Er nannte ihm drei Namen und bettelte dann: „Bitte, mehr weiß ich wirklich nicht, ich schwör's. Den Boss des Clans hab ich auch nie persönlich kennengelernt."

„Was wurde mit den Frauen gemacht, die sich nicht gefügt haben?"

„Sie wurden nach Russland oder Asien verkauft. Ich hab damit aber nichts zu tun. Bei manchen hab ich gehört, dass sie in irgendwelchen Seen entsorgt wurden, weil man sie da so schwer nach einigen Wochen identifizieren kann."

Er zitterte vor Schmerzen und Blutverlust.

„Bitte, ich hab dir alles gesagt, hol einen Arzt, ich krepiere!"

Der Mann holte sich in aller Ruhe aus dem Kühlschrank ein Dosenbier, öffnete es und trank einen Schluck. Dann stellte er seine letzte Frage:

„Wo warst du vorletzten Sonntagabend, als deine tschechischen Kumpane den Unfall mit den Mädels hatten?"

„Ich war in Prag, aber ganz woanders. Mit dem Unfall und dem Tod der Frau im Auto hab ich nichts zu tun. Ich schwöre es."

Der Mann holte ein Geschirrhandtuch und machte daraus einen Knebel. Dann legte er ihm den Knebel in den Mund, machte einen Knoten und sagte: „Dein Pech, dass ich nach der Frau im Wagen gar nicht gefragt habe!"

Dann nahm er wieder seine Gartenschere und zwickte alle Finger ab. Als Kollmannsberger ohnmächtig vor Schmerzen und Blutverlust wurde, sagte der Mann beim Gehen: „Wenn ich im Auto bin, ruf ich den Notarzt. Wenn du Glück hast, bist du, bis er eintrifft, noch nicht verblutet."

46. Kapitel

Bad Aibling, vierte Oktoberwoche.

Tina Probst saß in ihrer Zweizimmerwohnung mit Petra, ihrer Schwester, und ihrem Besuch aus Hof, Marco Eckstein. Ihre Wunden von dem Unfall waren größtenteils verheilt und sie war nur noch wenige Tage krankgeschrieben.

„Montag beginne ich wieder mit der Arbeit. Bin froh, dass ich wieder was tun kann", sagte sie gut gelaunt. Sie trug noch einen Verband am Handgelenk und ihre Rippen schmerzten noch gelegentlich, aber sonst fühlte sie sich wohl.

„Hoffentlich ist das noch nicht zu früh für dich, mein Schatz", hatte Marco noch etwas Bedenken.

„Nein, bestimmt nicht, ich bin froh, dass ich wieder loslegen kann. Daheim fällt mir nur die Decke auf den Kopf. Nur lesen und fernsehen ist mir zu langweilig. Oder soll ich mit Verband in die Therme und dann läuft mir wieder so ein gut gebauter Typ wie dieser Pascal über den Weg."

Alle drei lachten und waren froh, dass sie so gut drauf war.

„Übrigens", sagte Petra, „kurz nachdem dieser Pascal verblutet ist, bekam die Staatsanwaltschaft einen Brief von einem Unbekannten mit mehreren Namen und Hinweisen. Zwei weitere Nightclubs, die Drogen nach Deutschland verkaufen, konnten sie hochgehen lassen. Auch ein halbes Dutzend Polizisten in Bayern, die korrupt sind, konnten überführt werden."

„Aber der größte Hammer", meinte Marco, „war ja der Mordversuch auf diesen Bierbichler unterhalb der Kampenwand. Habt ihr das Foto gesehen, das ein Wanderer von den beiden gemacht hat?"

Beide schüttelten den Kopf. Da zog er eine zerknitterte Zeitungsseite aus der Tasche und hob sie ihnen vor das Gesicht. Darauf sahen sie eine attraktive nackte Frau, die in eindeutiger Reiterstellung auf einem älteren Mann saß und hinter ihrem Rücken ein Beil liegen hatte.

„Unglaublich", meinte Tina. „Wenn der Polizist nicht gekommen wäre, hätte der Wanderer wahrscheinlich auch den Todesschlag fotografiert, ohne einzugreifen, nur um ein Riesenhonorar zu bekommen."

„Ja, verrückte gestörte Welt. Gott sei Dank hatte die Sache ein gutes Ende", sagte Marco und alle stießen mit einem Glas Sekt an.

47. Kapitel

Kempten/Allgäu. 1. November, Allerheiligen.

Es war sehr kalt geworden im Allgäu. Die Bäume waren zum größten Teil kahl und ein eisiger Wind pfiff über den Stadtweiher von Kempten. Karin Thoma ging wie jeden Morgen mit ihrer Dogge Benny um den beliebten kleinen See am Stadtrand der Allgäu-Metropole. Der bevorstehende Winter kündigte sich langsam an, und sie schlug den Kragen ihres Mantels hoch, als sie wie immer die letzten zehn Jahre ihre Lieblingsrunde mit dem Hund ging. Es war fast siebzehn Uhr dreißig und es wurde immer dunkler. Wie immer hatte sie ihren Liebling an der Leine, da es vor Jahren Probleme gab, als der riesige Hund ein Kind und eine ältere Frau in Panik versetzte, als er auf sie zusprang. Wie so oft hatte sie auch Brotreste mit, um das halbe Dutzend Enten zu füttern bis der erste Schnee kam. Als sie am Steg die Krümel ins Wasser warf, begann ihr angeleinter Hund auf einmal zu ziehen und zu betteln. „Benny, was ist denn los? Bist du eifersüchtig, weil ich die Enten füttere?"

Hatte er eine Witterung aufgenommen? Wie wild zog er an der Leine und wollte ins Wasser springen. Da sah sie den Grund, etwas dunkles Großes trieb im Wasser, vielleicht zwanzig Meter vor ihnen. Trotz der Dämmerung sah sie im Schein einiger beleuchteter Laternen, die um das Gewässer standen, dass es ein Körper war. Langsam trieb er auf sie zu. Mit einem großen Ast und ihren hohen Stiefeln lief sie etwas ins Wasser. Ein anderer Fußgänger kam von der anderen Seite.

„Hallo", schrie sie, „helfen Sie mir. Ein Mann treibt hier im Wasser!"

Sofort kam der ältere Mann ans Ufer gelaufen und ging bis zur Hüfte ins Wasser, um die Person zu erreichen. Gemeinsam schafften sie es, sie an Land zu ziehen. Ihre erste Vermutung bestätigte sich, ein Mann sehr gut erkennbar, Anfang sechzig, lag vor ihnen. Sofort fühlte der ältere Mann seinen Puls und Karin Thoma rief den Notarzt.

„Nichts mehr zu machen", sagte der ältere Herr. Er war um die siebzig und trug eine dicke Brille. „Ich schätze, er ist seit gestern tot, höchstens sechs bis acht Stunden. Wahrscheinlich hat ihn heute Nachmittag bloß niemand gesehen, weil er da hinten im Schilf lag."

„Kennen Sie den Mann?"

„Ja, eine menschliche Tragödie. Vor dreieinhalb Jahren hab ich auch die Leiche seiner Frau hier entdeckt. Sie hatte unheilbaren Krebs und hat sich hier umgebracht, und jetzt er. Das ist ein ehemaliger, erfolgreicher Kommissar hier aus der Stadt, sein Haus ist nur zweihundert Meter von hier. Er heißt oder besser gesagt hieß, Josef Bierbichler!"

ENDE

DANKSAGUNGEN:

An Christine von der Buchhandlung in Bad Aibling.

Den beiden Damen in der Therme Bad Aibling für ihre Anregungen.

Einem Polizisten in Prag, der es gestattete, dass ich eine Behörde besichtigen durfte.

Meinem Web-Administrator, der mich seit Jahren tatkräftig unterstützt.

Dem „Modell", aus Neubeuren.

Einer Mutter aus Kempten, die seit vielen Jahren ihre Tochter vermisst.